Lotte Kinskofer

Reitinger kehrt zurück

Regensburg Krimi

Prolibris Verlag

Die Autorin

Lotte Kinskofer, geboren in Langquaid, hat in Regensburg das Gymnasium besucht. Heute lebt sie in München, aber Regensburg ist für sie immer eine zweite Heimat geblieben. Die promovierte Germanistin hat mehrere Sachbücher, Romane und Kinderbücher geschrieben und arbeitet als Journalistin, Dozentin und Drehbuchautorin. Sie ist Mitglied im Syndikat, der Vereinigung deutschsprachiger Krimiautoren, und bei den Mörderischen Schwestern – Vereinigung deutschsprachiger Krimiautorinnen. Vier Kriminalromane hat sie bisher im Prolibris Verlag veröffentlicht. Mit Anke Bahr zusammen den Oberbayern Krimi »Die ganze Wahrheit über das Dirndl im Moor« und drei Regensburg Krimis um den Journalisten Thomas Reitinger: »Heimvorteil«, »Grabenkämpfe« und »Wirtshaussterben«. »Reitinger kehrt zurück« setzt nun diese Reihe fort.

1. Kapitel

So soll also das Mittelalter ausgesehen haben. Thomas stand neben seiner Frau Lisa auf dem Gelände von Schloss Pürkelgut und sah sich um. Menschen in Ritterrüstungen staksten mit schweren Beinen leicht klappernd vorbei, Männer in einem Tuch, das eher wie Sackleinen aussah, schlenderten über den Markt und Frauen in historischen Kleidern schickten sich an, einen Kreis zu bilden und zu tanzen.

Thomas sah auf die stark bröckelnde Fassade des Schlosses, das alles andere als mittelalterlich war. Einer der bedeutendsten barocken Profanbauten der Stadt sei das Wasserschloss, so hatte er es im Vorbericht für das Mittelalterfest in seiner Zeitung gelesen. Als er im Internet nachgesehen hatte, war ihm auch aufgefallen, wo der neue Volontär das abgekupfert hatte. Wikipedia. Jetzt informierte man sich schon über seine Heimat aus dem Netz. Allerdings, das hatte der Volontär im Internet entweder überlesen oder für nicht so wichtig gehalten, gab es auf dem Gelände seit dem 13. Jahrhundert schon ein landwirtschaftliches Gut. Also doch Mittelalter.

»Komm, wir schauen uns die Stände an«, sagte Lisa und nahm ihn an der Hand. »Solange Paula schläft, haben wir die Ruhe dazu.« Thomas nickte und folgte ihr. Er spürte die Kraxe auf seinem Rücken kaum, in der seine kleine Tochter saß und sich offenbar entschlossen hatte, den Mittagsschlaf nachzuholen. Sie schlenderten die zeltähnlichen Stände entlang, an denen verschiedene Handwerkskünste gezeigt, wo aber auch einige Dinge verkauft wurden, die vielleicht mit Mittelalter zu tun hatten, aber nicht unbedingt. Historische Waffen und Rüstzeug waren zu bewundern, einer drechselte, ein anderer schmiedete, ein Mann mit wallendem Lockenhaar hatte Pfeil und Bogen im Angebot, es wurden Körbe geflochten sowie feine historische Gewänder aus Tuch und derbere Kleidungsstücke aus Filz verkauft. Manch alte Kunst wurde gezeigt, die fast in Vergessenheit geraten war. Aber als der Duft von Spanferkel von der einen Seite und von Zuckergebäck von der anderen Seite Thomas einholte, da fand er, dass sich beim Essen wohl kaum etwas geändert hatte in all den Jahrhunderten. Auch die angebotenen Getränke wie Bier, Limonade und Cola kamen ihm sehr heutig vor. Nun ja, vielleicht bis auf den Met, den trank er sonst nicht.

Wenn Thomas an Mittelalter dachte, dann weniger an tanzende Fräulein und kämpfende Ritter, sondern eher an die »Fragstatt«, also die Folterkammer im Alten Rathaus in Regensburg, die er einmal besichtigt hatte und die er nie wieder betreten wollte. Denn die Geräte dort waren echt, zumindest hatte man ihnen als Schüler das erzählt. Damit waren Menschen zu Tode geschunden worden. Da half es nichts, dass er im Gymnasium ein schönes Gedicht von Walther von der Vogelweide gelernt und ihm der kluge Kollege vom Feuilleton gesagt hatte, in der Neuzeit seien ab dem 16. Jahrhundert sehr viel mehr Hexen verbrannt worden als noch im Mittelalter. Er war froh, nicht damals gelebt zu haben.

Die Frauen hatten zu tanzen begonnen, Klänge von Flöten und Trommeln wehten zu ihnen herüber, vielleicht waren auch Schalmeien oder Krummhörner dabei, er kannte sich da nicht so aus, dazu das Kampfgeschrei der wenigen Ritter, die gerade ihre Kräfte messen wollten. Thomas wusste, dass hier abends noch ein großes Turnier stattfinden würde, aber so lange konnte er nicht bleiben. Paula war erst zwei Jahre alt und sie brauchte ihren Schlaf. Er übrigens auch.

»Ist der schön!« Thomas schreckte aus seinen Gedanken und sah auf Lisa, die einen Stand entdeckt hatte, an dem *mittelalterlicher* Schmuck verkauft wurde. Sie betrachtete einen Armreif.

»Magst ihn haben?«

Lisa hakte sich bei ihm unter und lächelte. »Du kannst es dir merken, vielleicht gibt's ja bald eine Gelegenheit ...«

Wahrscheinlich spielte sie auf ihren Kennenlerntag an, der sich bald jährte. Lisa sagte viele Dinge indirekt, angeblich machten das die meisten Frauen so, von wegen Venus und Mars. Seine Mutter war nicht so. Die sagte klar, was sie wollte, zum Geburtstag, zu Weihnachten – und sie sagte es vier Wochen vorher, so dass er Zeit hatte, es zu besorgen. Wie würde Paula das später machen?

Thomas spürte, dass seine kleine Tochter gerade aufgewacht war. Erst machte sie sich durch leichtes Schlagen mit den Beinen bemerkbar, dann zupfte sie ihn an den Ohren und an den Haaren, gleich würde die dritte Phase beginnen, ein Schrei, der eindeutig ankündigte, dass sie etwas wollte. Ja, wenn Paula etwas wollte, dann musste es sofort sein. Verklausulierte Wünsche gab es nicht. Neben Mama und Papa, Ja und Nein gehörte »will haben« zu ihren Lieblingsausdrücken. Fast schon ein ganzer Satz. Und dann auch noch so entschieden.

»Hunger!«, rief sie ihm von hinten ins Ohr, denn natürlich zogen auch an ihr die Düfte von Gesottenem, Gebratenem und Gebackenem vorbei. »Will haben!«, folgte sofort darauf. Zugleich drückte Lisa ihm einen Kuss auf die Wange. »Bis später«, sagte sie, und als sie seinen erstaunten Gesichtsausdruck bemerkte, da schob sie nach: »Hast du's vergessen? Ich bin mit meinen Kolleginnen verabredet. Wir treffen uns am Stand mit Kräuterzauber.«

»Wenn du dich unbedingt mit den Hexen einlassen willst, pass auf dich auf!«

Sie lachte, winkte noch Paula und ihm, dann war sie weg. Thomas sah ihr eine Weile nach, dann beschloss er, noch einmal an den Schmuckstand zu gehen und den Armreif für Lisa zu kaufen.

»Hunger!«, hörte er eine sehr klare und deutliche Stimme hinter sich und spürte kleine Hände, die an seinen Haaren zogen. Die Forderung war also in die zweite Phase getreten, jetzt war es Zeit, etwas zu unternehmen, bevor das Gebrüll einsetzte. Doch es war bereits zu spät. Paula warf ihre Sirene an, und innerhalb kürzester Zeit sah sich Thomas im Mittelpunkt der allgemeinen Aufmerksamkeit. Die ersten Ratschläge ließen nicht lange auf sich warten.

»Ist gerade die Mama weggegangen, gell?«

»Nehmen Sie das Kind aus der Kraxen, da sieht's doch gar nichts.«

»Bestimmt hat's Hunger!«

»Oder Bauchweh?«

Paulas Geschrei näherte sich der Frequenz, bei der Thomas' Ohren sehr zu leiden begannen. Er kaufte etwas in der historischen Zuckerbäckerey und reichte es Paula nach hinten. Wohl wissend, dass Lisa das nicht billigen würde und er zudem bald die ganzen Krümel im Genick hätte, wo sie ihn bis zum Abend kitzeln würden.

Dann schob er sich noch einmal gegen den Strom zurück zu dem Stand, an dem Lisa zuvor den Armreif bewundert hatte und kaufte ihn mit der Zufriedenheit des Mannes, der das Problem »Was schenke ich meiner Frau?« aus seinem Gedächtnis streichen durfte.

Thomas wunderte sich, dass er den Fotografen der Zeitung nicht entdecken konnte. Bobby Friedrich war doch sonst überall da, wo etwas los war. Dafür aber sah er den Volontär, der sich an Raufbolden, edlen Damen, Gauklern, Hexen und Rittern vorbeischob und ihm kurz zunickte. Hätte er selbst gerne einen Artikel über das Spektakel geschrieben? Thomas überlegte kurz, dann war er sicher, dass er richtig entschieden hatte. Nicht wieder eine nette kleine Geschichte voller Stimmung vom bunten Treiben. Zumal er abends noch mal hätte kommen müssen, wenn das Nachtturnier stattfand und das große Sonnwendfeuer entzündet wurde. Eine richtige Story, darauf hatte er Lust. Aber da würde er wohl warten müssen, bis Paula in der Kinderkrippe war.

Seit eineinhalb Jahren war Thomas Reitinger in Erziehungszeit. Er hatte in diesen Monaten so viel erlebt, das konnte er keinem erzählen. Andere schrieben Bücher darüber, ein paar davon hatte er geschenkt bekommen, aber jedes nur angelesen. Väter, die sich über das Wunder ausließen, welches ihr Kind darstellte, die alles besser machen wollten als die Mütter. Die Banalitäten zu Ereignissen hochstilisierten. Zu denen wollte er nicht gehören.

Er hatte nicht nur mit Paula viel erlebt, sondern vor allem mit den Leuten, die einen Vater mit kleinem Kind offenbar für etwas Besonderes hielten. Inzwischen ignorierte er die mitleidigen Blicke ebenso wie die belustigten, Paula und er waren meistens ein gutes Team, und wenn sie ihn anlächelte, dann war vieles vergessen.

Reitinger hatte genug vom Mittelalter. Es waren ihm zu viele Leute. Ständig rempelte jemand an die Kraxe. Er beschloss, mit dem Bus zurück in die Stadt zu fahren. Vielleicht war es da ruhiger.

Doch schon als er an der Albertstraße ausstieg und die Maximilianstraße hinunterging, merkte er, dass er sich getäuscht hatte. Das Wetter war einfach zu schön, alle Regensburger schienen sich herumzutreiben und dazu noch jede Menge Touristen. Trotzdem wählte er nicht den kürzesten Weg nach Hause, sondern schlenderte über den Domplatz, ließ sich von der Menschenmenge mitnehmen in Richtung Thundorfer Straße und stand dann plötzlich an der Donau mit einer brabbelnden Paula hinten in der Kraxe.

Auf dem Donaumarkt wuchs das neue Museum der Bayerischen Geschichte aus dem Boden. 2018 würde es eröffnet werden. Wie lange hatte es gedauert, bis die Stadt eine angemessene Nutzung für dieses Gelände gefunden hatte! Was war nicht alles diskutiert worden! Dennoch war es so viele Jahre ein Platz geblieben, auf dem samstags Märkte stattfanden und ansonsten Autos parkten, eher unansehnlich an einer so markanten Stelle in der Innenstadt. Er versuchte sich zu erinnern, wie lange er als Lokaljournalist dieses Projekt kritisch begleitet und wie viele Artikel er darüber geschrieben hatte. Jetzt taten das andere. Er hatte zwar von Anfang an klargestellt, dass er auch in der Erziehungszeit journalistisch arbeiten wollte, aber ihm blieben nun eher die kleineren Geschichten. Die Ehrung eines langjährigen Vereinsmitglieds, ein 90. Geburtstag, eine Malaktion im Kindergarten ... Nein, das neue Museum gehörte nicht mehr zu den Projekten, über die er schreiben durfte.

Fast hätte er den Kollegen übersehen. Bobby Friedrich stand am Donauufer, seine Kamera im Anschlag und starrte in Richtung Eiserne Brücke. Das Objektiv wirkte etwas überdimensioniert angesichts der kleinen Kamera. Aber offenbar hatte er ein Ziel in einiger Entfernung anvisiert.

»Was machst du denn da?«, fragte Thomas überrascht.

Bobby schenkte ihm nur einen ganz kurzen Blick, dann starrte er wieder Richtung Eiserne Brücke.

»Wieso bist du nicht auf dem Mittelaltermarkt und machst die Fotos für die Montagsausgabe?«

»Geh erst abends wieder hin«, sagte Bobby knapp und wandte den Blick nicht von der Brücke. Thomas folgte diesem Blick und sah erst jetzt die schwarz gekleidete Frau, die auf der Brücke stand und ins Wasser starrte. Thomas brauchte noch ein paar Sekunden, bis ihm klar war, worauf Bobby wartete.

»Sag mal, spinnst du? Der muss man doch helfen!«

»Was willst machen, wenn ein Mensch nicht mehr leben will«, sagte Bobby und ging vorsichtig ein paar Schritte näher. Ganz behutsam, als wollte er ein Eichhörnchen beim Fressen fotografieren und hätte Angst, es zu vertreiben.

Reitinger fing an zu laufen, so schnell er konnte. Die Kraxe wippte auf seinem Rücken, aber Paula protestierte nicht, es schien ihr zu gefallen.

»Reitinger, spiel dich nicht so auf«, rief ihm Bobby nach. »Du kannst die Welt nicht retten.«

»Du bist ein Drecksack, Bobby«, schrie Reitinger.

Im Laufen merkte Thomas, dass die Frau auf der Brücke auf ihn aufmerksam geworden war. Offenbar wunderte sie sich, was ihn so hektisch hatte werden lassen.

»Bittschön, tun Sie's nicht«, keuchte Reitinger, als er die Frau erreicht hatte, und bemerkte, dass seine Aktion ein kleines Lächeln auf ihr bleiches, vom Kummer gezeichnetes Gesicht gezaubert hatte. Autos, Räder und Fußgänger, das alles hatte sie offenbar nicht interessiert. Aber auf ihm, dem verschwitzten Mann um die vierzig mit dem kleinen Kind auf dem Rücken, ruhten ihre Augen mit einem verwunderten Blick.

»Was soll ich nicht tun?«, fragte die Frau.

Reitinger stutzte. Wollte sie sich vielleicht gar nicht umbringen? Hatte er sich von Bobby in die Irre führen lassen? Er sah auf die Thundorfer Straße, wo der Kollege vorher noch gestanden hatte. Bobby war weg.

»Der Fotograf ist gerade gegangen«, sagte die Frau. »Was wollte er hier eigentlich fotografieren?«

Thomas wich ihrem Blick aus. Die Frau sah ihn irritiert an. »Mich?«

»Das ist doch ein besonderes Motiv«, lavierte Thomas. »Eine schwarz gekleidete Frau auf dieser Brücke. Überall tobt das Leben, und Sie stehen hier und starren ins Wasser. Keiner kennt Ihre Gedanken …«

»Die interessieren auch keinen«, antwortete die Frau. »Außerdem habe ich nicht ins Wasser geschaut, sondern hinüber zum Schifffahrtsmuseum.«

Thomas sah auf eines der Schiffe, das zum Museum umfunktioniert war. Er konnte nicht erkennen, was dort anders sein sollte als sonst. Aber dann bemerkte er ein Stück Absperrband, das am Ufer hing und im Wind flatterte. Er erinnerte sich. »Da ist vor zwei Tagen ein Toter angeschwemmt worden.«

Die Frau begann, leise zu weinen. »Mein Mann.«

Thomas schluckte. Eine Pause, die allmählich drückend wurde. »Das tut mir sehr leid«, murmelte er. »Ein schrecklicher Unfall …«

»Er ist nicht verunglückt«, sagte die Frau. »Er ist ermordet worden.«

Thomas sah sie überrascht an. Er hatte die kleine Meldung über den Toten in seiner Zeitung gelesen. Da war von ungeklärter Todesursache die Rede gewesen, von einem Unfall oder einem Selbstmord. Wie kam die Frau auf Mord? Sie sah ihn direkt an und erst jetzt fiel Thomas auf, wie jung sie war. Höchstens Mitte zwanzig.

»Sie haben gedacht, ich will mich umbringen, oder?«

Thomas wich der Frage aus und antwortete mit einer Gegenfrage. »Wie kommen Sie denn auf Mord?«

»Das ist eine lange Geschichte.«

2. Kapitel

Sie waren die Donau entlanggegangen und auf der Suche nach einem ruhigeren Platz in der Badstraße gelandet. Thomas erzählte ihr unterwegs, dass er eigentlich Journalist war, jetzt aber wegen Paula pausiere, dass ihn ihre Geschichte interessiere, wenn sie die denn erzählen wolle. Die Frau stellte sich als Sandra Rossbach vor und schien sehr froh zu sein, dass überhaupt jemand ihre Version hören wollte.

Ganz automatisch strebte Thomas die Goldene Ente an, ein Wirtshaus, in dem er als Student ziemlich viel Zeit verbracht hatte. Hier war es ruhiger als in der Stadt. Sie setzten sich in den Biergarten. Paula saß bei Thomas auf dem Schoß, er gab ihr ein Stückchen Breze, das er in weiser Voraussicht eingesteckt hatte. Breze half immer.

Sandra Rossbach hörte für einen Moment auf, in ihrem Kaffee zu rühren und sah die Kleine lächelnd an. »Knapp zwei Jahre alt?«

Reitinger nickte.

»Wirklich süß.«

Thomas wollte nicht widersprechen, dabei war Paula alles andere als süß, wenn sie etwas wollte und nicht bekam.

»Sie haben auch Kinder?«

»Einen kleinen Jungen, ein bisschen älter als Ihre Tochter. Jonas. Er ist gerade bei meinen Eltern.«

Tränen traten ihr in die Augen. Thomas konnte nur erahnen, was in ihr vorging. Bis vor wenigen Tagen waren sie eine glückliche Familie gewesen, nun fehlte der Vater, der auf rätselhafte Weise ums Leben gekommen war.

»Wenn ich behaupte, mein Mann sei ermordet worden, berichten Sie dann darüber?«

»Das kann ich Ihnen noch nicht sagen. Ich würde mir erst einmal anhören, was Sie erzählen, und dann darüber nachdenken.«

Sie überlegte kurz und musterte ihn dann skeptisch. »Und wer garantiert mir, dass Sie keinen Unsinn schreiben?«

»Eine Garantie gibt es nicht«, antwortete Thomas. »Ich weiß auch nicht, ob ich etwas schreiben kann. Denn bisher sieht es ja offenbar so aus, als hätte Ihr Mann sich entweder das Leben genommen ...«

»Das hätte er niemals getan!«, unterbrach ihn die Frau.

»... oder als wäre es ein Unfall gewesen«, fuhr Thomas unbeirrt fort.

Sandra Rossbach sah ihn bitter an: »Der Türke, der keinen Alkohol verträgt, nicht schwimmen kann und deshalb besoffen in die Donau hüpft und ertrinkt?«

Reitinger musterte sie irritiert. »An dem Satz verstehe ich jetzt rein gar nichts. Wieso Türke?«

»Mein Mann heißt ...« Sie schluckte einen Moment, dann korrigierte sie sich. »... hieß Karim Özdag, Migrationshintergrund, dritte Generation.«

In der Zeitung war nur von einem jungen Mann die Rede gewesen, kein Name, erinnerte sich Thomas. Er hatte die Polizeimeldung überflogen und dann fast wieder vergessen.

»Sie haben Ihren Namen bei der Hochzeit behalten?«

»Warum nicht? Dachten Sie, das hätte er mir nicht erlaubt?«

»Jetzt unterstellen Sie mir doch nicht alle Vorurteile, die man so finden kann. Konnte er denn schwimmen?«

»Sehr gut sogar.«

»Und war er betrunken, als er ins Wasser stürzte?«

»Sicher nicht, er hat nie was getrunken.« Sie sagte es sehr nachdrücklich, denn es bestätigte ihre Vermutung: Da stimmte etwas nicht.

»Was denken denn Sie?«

»Dass ihn jemand ins Wasser gestoßen hat. Vielleicht hat derjenige ihn vorher betäubt oder geschlagen.«

Thomas nickte nachdenklich. »Haben Sie dafür irgendeinen Anhaltspunkt oder Beweis?«

Sandra Rossbach schüttelte bedauernd den Kopf. Thomas wedelte mit der Hand und vertrieb so eine Wespe, die seiner Paula zu nahekam. »Erzählen Sie mir von Ihrem Mann.«

»Sie glauben also auch, dass es kein Unfall war?« Sandra Rossbachs Blick hellte sich auf.

»Ich hab mal gelesen, unsere Friedhöfe wären hell erleuchtet, wenn auf den Gräbern derjenigen, die keines natürlichen Todes gestorben sind, eine Kerze brennen würde.«

Die Augen der Frau wurden wieder nass, und Thomas spürte, dass er nicht so ganz den richtigen Ton getroffen hatte. Er entschied sich für eine rhetorische Kurve. »Wir sollten was essen«, schlug er vor. »Ich lade Sie ein.«

Sandra Rossbach bestellte ein Tiroler Gröstl, Thomas entschied sich für Schweinsbraten mit Knödel, obwohl er fürchtete, dass es einen argen Kampf mit Paula geben würde, die sicherlich mitessen wollte. Sandra Rossbach lächelte schwach, dann wandte sie sich an die Bedienung. »Bringen Sie die Bestellung bitte nacheinander.«

»Wenn Sie nicht gern miteinander essen …«, sagte die und verschwand. Thomas schaute irritiert, und noch einmal lächelte sie. »Einer nimmt das Kind, der andere kann in Ruhe essen. So haben wir das auch immer gemacht.«

Er sah Sandra Rossbach an, was sie dachte. Künftig würde sie allein für ihr Kind da sein müssen. »Warum können Sie sich nicht vorstellen, dass Ihr Mann sich etwas angetan hat?«

Liebevoll schaute Sandra Rossbach der kleinen Paula zu, die hingebungsvoll die Serviette in immer kleinere Stückchen zerriss. »Wir hatten keine Probleme. Er hat alles für seine Familie getan, unser Jonas war sein ganzes Glück.«

So kommen wir nicht weiter, dachte Thomas. Vielleicht sollte sie etwas mehr ausholen. »Wie haben Sie Ihren Mann kennengelernt?«

Sandra Rossbachs Blick ging in die Ferne, als würde sie dort sehen, was sie erzählen wollte. »Karim hat eigentlich Archäologie studiert. Er interessierte sich sehr für alte Kulturen und Ausgrabungen. Nur leider hätten seine Eltern lieber einen Arzt oder Ingenieur als einen Archäologen in der Familie gehabt. Es kam zum Streit, sie haben ihn nicht mehr unterstützt, und er musste nebenher Taxi fahren.« Ein leichtes Lächeln: »Da haben wir uns kennengelernt. Ich habe beim Taxiunternehmen im Büro gearbeitet.«

»Ihr Mann hat sich also sein Studium selber verdient.«

»Er hat aufgehört, als ich schwanger wurde«, antwortete die junge Frau. »Studium, Arbeit, Familie ... es ging einfach nicht.«

Thomas verschluckte die Frage, ob es Karim Özdag nicht schwergefallen war, das Studium abzubrechen. Er sah mit Freuden, dass sein Schweinsbraten kam. Sandra Rossbach streckte die Arme aus und nahm Paula in Empfang, die sich nach einem kurzen unsicheren Blick auf ihren Papa widerspruchs- und widerstandslos von der fremden Frau in den Arm nehmen und schaukeln ließ.

»Guten Appetit«, sagte sie und bespaßte Paula mit einem Fingerspiel: »Ich bin ein kleiner Igel und ziehe meine Stacheln ein ...«

Paula war nicht sehr interessiert. Sie streckte ihre kurzen Ärmchen nach der Serviette aus, die neben dem Teller ihres Vaters lag. Der überließ sie ihr gerne zum Zerzupfen und freute sich, dass sie so wenig Interesse an seinem Knödel zeigte.

»Manchmal habe ich gemerkt, dass Karim etwas fehlt«, sagte Sandra Rossbach.

»Weil er lieber Archäologe geworden wäre.«

»Er hat gewusst, dass die Berufsaussichten mäßig sind, vor allem, wenn man örtlich gebunden ist. Dabei hat Karim sich so sehr für die Geschichte interessiert. Die Kelten in Bayern, die Römer in Regensburg ... Davon konnte er gar nicht genug kriegen.«

Einen Moment schweiften Thomas' Gedanken ab in seine Studienzeit. Jurist hatte er werden wollen, aber nach ein paar Semestern hatte er es dann doch bleiben lassen und bei der Zeitung als Sportreporter angefangen. Nein, er hatte es nie bereut. Bei Karim Özdag war das offenbar anders gewesen.

»Er hat es mich nie spüren lassen. Aber wenn ich ihn sah, wie er manchmal in seine Bücher schaute, dann war mir klar, wie viel er für uns aufgegeben hat.«

»Ein Kind kann einen für vieles entschädigen«, antwortete Thomas mit Blick auf Paula und dachte zugleich, wie spannend es doch wäre, wenn er in Sachen Rossbach/Özdag recherchieren und etwas schreiben könnte. »Hatte Ihr Mann denn Hobbys? Freunde? Etwas anderes neben Beruf und Familie?«

»Er hat eine Zeitlang Tischtennis im Verein gespielt. Ich dachte, es würde ihm helfen, in Lappersdorf leichter Anschluss zu finden, dort sind wir nämlich hingezogen, als Jonas zur Welt kam. Das hat ihm auch ganz gut gefallen ... bis er einmal einen Taxi-Gast hatte, der Schatzsucher war.«

Thomas hörte zu kauen auf und sah erstaunt auf die schwarz gekleidete Frau ihm gegenüber, die nun kurz schmunzelte. »So hab ich auch geschaut. Aber ganz so abwegig ist das doch nicht. Der Boden ist voll mit alten Schätzen, das hat Karim mir erzählt.«

Thomas erinnerte sich an seine Schulzeit, als sie öfter von Römern und Kelten gehört und die entsprechenden Exponate auch im Museum besichtigt hatten. »Gerade hier bei uns«, nickte er, als hätte er wirklich Ahnung.

»Karim ist da richtig mit eingestiegen. Er hat sich Fachliteratur besorgt, sich mit alten Karten beschäftigt. Dann hat er sich sogar ein Gerät gekauft, so einen Metalldetektor, und ist selber losgezogen. Erst ein paar Mal allein, aber es fehlte ihm an Erfahrung. Deshalb hat er sich mit Ludwig Kammhuber zusammengetan.«

»Das ist der Taxi-Gast«, fasste Thomas nach.

Sandra Rossbach nickte. »Der Mann hatte viel praktische Erfahrung, und Karim brachte Wissen aus seinem Studium mit. Ich glaube, sie haben sich ideal ergänzt. Karim blühte jedenfalls auf, als er jede Woche mindestens einen Tag mit seinem neuen Freund loszog – meistens am Samstag.«

»Haben Sie ihn denn kennengelernt, diesen Kammhuber?«

Sandra Rossbach nickte. »Manchmal hat er Karim abgeholt.« Sie sagte nichts weiter als das, und Thomas hatte das Gefühl, dass er hier nachfassen sollte. Es war so etwas im Unterton und in der Mimik der Witwe, was ihn stutzig werden ließ. »Kann es sein, dass Sie ihn nicht mochten?«, fragte er etwas provozierend.

»Wie kommen Sie denn darauf?«

»Intuition«, behauptete Thomas, wobei gerade das seiner Meinung nach nicht zu seinen Kernkompetenzen gehörte.

»Sie haben Recht. Er war zwar freundlich und nett, aber irgendwie habe ich ihm nicht getraut.«

»Wie meinen Sie das?«

»Ich weiß nicht. Ich habe überlegt, was denn wäre, wenn die beiden etwas finden würden.«

»Das darf man doch sowieso nicht behalten«, so glaubte Thomas sich an einen Fernsehbeitrag über Sondengänger zu erinnern.

»Karim hätte einen Fund sicher gemeldet und sich gefreut, den Archäologen einen wichtigen Hinweis zu geben. Vielleicht auch bei einer professionellen Grabung zusehen zu können. Bei Kammhuber war ich mir nicht so sicher, ob es ihm nur ums Suchen ging.«

»Sie meinen, er hätte die Sachen gerne behalten oder verkauft.«

»Es war so ein Gefühl, nicht mehr«, antwortete die junge Witwe.

»Haben die beiden denn jemals etwas gefunden?«

»Hier und da mal ein Kettchen oder ein kleines Metallteil. Aber nichts von Wert. Das hätte Karim mir erzählt.«

Thomas antwortete nicht, er hatte sich gerade ein großes Stück Knödel in den Mund geschoben und war deshalb außer Gefecht.

Über Sandra Rossbachs Gesicht zog plötzlich ein Schatten. »Er war so glücklich mit seinem neuen Hobby. Er schien alles leichter zu nehmen, sogar dass er sein Geld als Taxifahrer verdienen musste. Aber in letzter Zeit wirkte er angespannt. Doch er ließ nicht darüber mit sich reden, er hat es einfach abgestritten.«

»Vielleicht hatte er berufliche Probleme.«

Sandra Rossbach zögerte kurz, dann schüttelte sie den Kopf. »Ich glaube, es hatte mit Kammhuber zu tun. Karim hatte nicht mehr so viel Interesse an der Schatzsuche. Als würde er dem anderen aus dem Weg gehen. Immer wenn ich nachfragte, hat er nur gelächelt und gemeint, er sei lieber bei uns zu Hause.«

Es hatte möglicherweise Streit gegeben, überlegte Thomas und merkte, wie die Spekulationen durch sein Gehirn ratterten. Waren sie nur unterschiedlicher Meinung gewesen, wo und was sie suchen sollten? Waren sie frustriert, weil sie nichts gefunden hatten? Hatten die beiden etwas gefunden und sich darüber zerstritten? Oder gab es einen ganz anderen Grund, warum Karim Özdag angespannt war?

Er betrachtete die junge Witwe, die mit seiner Tochter scherzte. Schwarz stand ihr nicht so besonders, ihre helle Haut wirkte noch blasser und das halblange blonde Haar zu scharf im Kontrast. Sie suchte verzweifelt nach einer Erklärung für den Tod ihres Mannes. Natürlich wollte sie nicht an einen Selbstmord glauben. Hätte das nicht bedeutet, nach der eigenen Schuld zu fragen? Aber war es nicht ein wenig verrückt, lieber nach einem Mörder zu suchen, dem man die Verantwortung zuweisen konnte, auch wenn es dafür kaum einen Anhaltspunkt gab?

»Prost«, unterbrach Paula seine Gedanken und hob ihre Wasserflasche. Thomas schmunzelte und stieß mit seiner Tochter an.

»Gut war's«, sagte er zur Bedienung, die seinen leeren Teller mitnahm und zugleich das Tiroler Gröstl für Sandra Rossbach abstellte. Thomas streckte die Arme aus und nahm seine Tochter in Empfang.

»Mahlzeit«, sagte Thomas freundlich und bestellte dann bei der Bedienung ein alkoholfreies Bier.

Sandra Rossbach stocherte in ihrem Essen herum. »Jetzt habe ich Ihnen alles erzählt. Was denken Sie? Halten Sie mich für verrückt, weil ich mir nicht vorstellen kann, dass mein Mann sich selbst umgebracht hat?«

Thomas wich ihrem Blick aus, denn genau das hatte er erst vor einer Minute überlegt. »Haben Sie denn der Polizei von Ihrem Verdacht erzählt?«

»Dass mein Mann ermordet worden ist? Natürlich! Aber ich hatte nicht den Eindruck, dass die das besonders interessiert.«

»Aber bei ungeklärter Todesursache …« Thomas überlegte, ob er mit dem Thema Obduktion nicht die Nerven der jungen Witwe überstrapazieren würde.

»Jaja, das hat die Kommissarin auch gesagt: Dass man erst das Ergebnis der Obduktion abwarten müsste.«

»Sie haben mit Jana Meyerbeer gesprochen?« Über Thomas schwappte eine Welle von Erinnerungen hinweg. Er hatte die Kommissarin kennengelernt, als damals ein Fußballtrainer in seinem Heimatort ermordet worden war. Und sie hatte ihm gut gefallen, und das zu einer Zeit, als Lisa und er in einer schweren Krise steckten. Aber das war alles so lang her …

»Kennen Sie die Kommissarin?« Sandra Rossbach merkte offenbar, dass Thomas' Gedanken abschweiften.

»Ja, beruflich eben«, wich Thomas aus und setzte ein harmloses Lächeln auf. »Die ist eigentlich sehr nett.«

»Sie schon, aber sie hatte so einen arroganten Jungspund dabei. Ein unverschämter Kerl.« Sandra Rossbach zog ein Taschentuch hervor und wischte sich die Tränen von den Wangen. »Erst hat er mir unterstellt, ich würde nur deshalb nicht an einen Selbstmord glauben, weil ich dann kein Geld von der Versicherung bekäme. Karim hatte die erst vor ein paar Monaten abgeschlossen. Da hätte sie bei Suizid noch nicht gezahlt. Und als ich von Kammhuber gesprochen habe, da hat er gesagt, ich sollte nicht so leichtfertig andere Leute beschuldigen.«

Thomas beobachtete Sandra Rossbach beim Essen. Die Polizei hatte ihr nicht geglaubt. Als er ihr über den Weg gelaufen war und sich als Journalist zu erkennen gegeben hatte, da hatte sie die Gelegenheit genutzt, ihn für ihre Version der Geschichte zu gewinnen. Denn Jana Meyerbeers Kollege hatte schon Recht: Wenn die Lebensversicherung bei Selbstmord nicht ausbezahlt wurde, dann hatte Sandra Rossbach ein großes Interesse daran, dass der Tod ihres Mannes kein Freitod war. Konnte es sein, dass diese traurige junge Frau ihn auf den Kompagnon ihres Mannes ansetzen wollte? Lenkte sie den Verdacht bewusst auf diesen Ludwig Kammhuber? Er konnte es sich nicht vorstellen, aber andererseits hatte Sandra Rossbach ihm dies alles nicht erzählt, weil sie ihn so nett fand, sondern weil sie sich von ihm Hilfe oder Unterstützung erhoffte.

Thomas bettete behutsam Paulas Kopf etwas bequemer. Sie war in seinem Arm eingeschlafen. Sandra Rossbachs Blick wurde weich. »Wir hätten auch gerne noch ein Mädchen gehabt«, sagte sie leise.

Lisa war bereits zu Hause, als Thomas mit der schlafenden Paula zu Hause ankam.

»Ihr seid spät«, sagte sie. Thomas nickte und wollte gerade von Sandra Rossbach und ihrem Problem erzählen, da hob Lisa ihre Tochter aus der Kraxe und rümpfte die Nase. »Da muss jemand sehr dringend gewickelt werden.«

Er hörte Lisa mit Paula sprechen, während er sich Notizen zu dem Gespräch machte. Vielleicht sollte er sich wirklich erst diesen Schatzsucher ansehen, mit dem der Verstorbene unterwegs gewesen war. Gab es überhaupt schon ein Obduktionsergebnis? Auch darum musste er sich kümmern. Denn wenn es ein Unfall war, konnte er seine Geschichte gleich wieder vergessen.

»Was schreibst du denn da?«, unterbrach ihn Lisa, die mit Paula auf dem Arm ins Wohnzimmer kam. Thomas erzählte ihr von der Begegnung mit Sandra Rossbach.

»Schrecklich, so jung und jetzt allein mit einem Kind. Nicht wissen, was mit dem Mann wirklich passiert ist.«

Vielleicht bekomme ich's ja raus, dachte Thomas, fand den Gedanken aber vermessen. Wer war er schon, dass er glaubte, diese vertrackte Geschichte irgendwie klären zu können?

»Papa«, krähte Paula da, packte mit ihren kleinen Händen die Wangen ihres Vaters und drückte sie kräftig.

»Au!«, schrie Thomas. »Liebe muss doch nicht so wehtun!«

Lisa schmunzelte, während Thomas versuchte, behutsam die festgeklammerten Fäuste seiner Tochter aus seinem Gesicht zu lösen.

Lisa stand auf. »Ich mache Paula jetzt einen Brei und bringe sie dann ins Bett.«

Thomas sah ihnen nach, als sie das Wohnzimmer verließen. Wenigstens für meine Tochter bin ich noch der Held, dachte er und rieb sich seine schmerzenden Wangen.

3. Kapitel

Thomas hatte den Tisch fürs Sonntagsfrühstück gedeckt und Paula schon einmal ein Stück Banane in die Hand gedrückt, damit sie leise war und Lisa noch schlafen ließ. Das war ein Fehler. Paula schob nur wenig Banane in den Mund, zerdrückte den Rest und beschmierte damit sich selbst, ihr Kuscheltier Elchi und jedes Teil, das sie anfasste. Entschlossen nahm Thomas ihr die Banane aus der Hand, wischte ihr Mund und Hände ab und nahm in Kauf, dass sie laut brüllte. Lisa stand in der Tür, als er gerade mit der Aktion fertig war.

»Tut mir leid«, sagte er. »Ich hätte ihr ein Stück Breze geben sollen.«

»Guten Morgen«, murmelte sie, gab Paula einen Kuss, dann ihm und sah lächelnd auf den Frühstückstisch. »Schade, dass ich morgens außer Kaffee nichts runterkriege.«

»Wir lassen das einfach so lange stehen, bis du Hunger hast.«

Während Thomas sich ein ausgiebiges Frühstück schmecken ließ und Paula in ihrem Brei rührte, erzählte Lisa von dem Treffen mit ihren Kolleginnen. Nach wie vor arbeitete sie bei einem Immobilienvermittler in Regensburg. Zwar hatte sie vor Paulas Geburt überlegt, zu einer Wohnungsbaugenossenschaft zu wechseln, doch sie hatte es sich noch einmal anders überlegt, als ihr Chef ihr damals mehr Kompetenzen und einen eigenen Arbeitsbereich zugewiesen hatte. Lisa war mit ihrer neuen Tätigkeit zufriedener und deshalb auch einverstanden gewesen, als Thomas vorgeschlagen hatte, sie könnte nach Paulas Geburt und dem Mutterschutz zurück in den Beruf gehen, weil er sich um ihre Tochter kümmern würde. Natürlich hatte er gehofft, dass er noch sehr viel nebenbei für die Zeitung arbeiten könnte, aber Paula hatte ihn eines Besseren belehrt.

Er dachte an Karim Özdag, der für seine Familie den Traum vom Studium aufgegeben hatte, der sich mit seinem Hobby der Archäologie wieder angenähert und dann doch so plötzlich keine Lust mehr an der Schatzsuche gehabt hatte.

»Hörst du mir überhaupt zu?«, fragte Lisa.

»… und sich Carla noch mal Met bestellen wollte …« Thomas wiederholte mechanisch den letzten Halbsatz seiner Frau, den er aufgeschnappt hatte.

»Nur weil du nachplappern kannst, was ich gesagt habe, heißt das noch lange nicht, dass du dich wirklich für das interessierst, was ich erzähle.«

»Nein«, mischte sich Paula ein, und obwohl es sich nicht auf das Gespräch bezog, sondern darauf, dass Lisa versucht hatte, ihr den Mund abzuwischen, passte es doch sehr gut.

»Entschuldige, mir geht das Gespräch mit der jungen Frau gestern ziemlich nach.«

»Denkst du wirklich, dass jemand ihren Mann ermordet hat?«

Thomas zuckte die Schultern. »Mal schauen, was bei der Obduktion herauskommt und dann kann ich vielleicht mit dem Recherchieren anfangen.«

»Hoffentlich drängt sich nicht wieder ein anderer aus der Redaktion vor.«

Thomas dachte an einen Kollegen, der sicher liebend gerne diesen Fall aufgreifen würde, wenn es denn einer war. »Dann muss ich halt schneller sein«, sagte Thomas. »Mir den Obduktionsbericht besorgen, bevor die Polizei damit an die Öffentlichkeit geht.«

Lisa schwieg einen Moment, dann räusperte sie sich. »Da rufst du wohl am besten die Kommissarin Meyerbeer an, oder kennst du noch jemand anderen bei der Kripo?«

Thomas sah seine Frau forschend an. War da eine Spur von Eifersucht in ihrer Stimme? Wenn ja, dann hatte er es nicht gehört, aber er war ohnehin nicht so der Unterton-Spezialist. Doch er dachte daran, wie er damals, als Lisa und er ihre große Krise hatten, ein bisschen in die Kommissarin verliebt gewesen war – oder vielleicht ein bisschen mehr? Auch wenn er sich für seine Frau entschieden hatte, er war nie sicher, ob Lisa ihm das so ganz verziehen hatte.

»Frau Rossbach sagte, sie habe mit ihr gesprochen. Ihrer Meinung nach geht die Polizei nach wie vor von Selbstmord aus und findet ihre Mordtheorie abwegig.«

»Ruf die Kommissarin doch an.«

»Heute ist Sonntag, die wird sich schön bedanken.«

Lisa schmunzelte: »Ich habe nicht gesagt, dass du es gleich machen sollst.«

Thomas überlegte, ob er noch eine halbe Stunde Zeitungslektüre herausschlagen könnte, als Lisa zur Uhr schaute. »Schon fast Mittag.«

»Macht nichts, ist ja Sonntag.«

»Zeit für unseren Spaziergang.«

Reitinger seufzte. Seit einigen Wochen hatte es sich eingebürgert, dass sie an den Sonntagen jeweils einen anderen Stadtteil Regensburgs erkundeten. Denn natürlich war die Wohnung in Stadtamhof ein bisschen klein geworden, seit sie zu dritt waren. Langfristig sollten sie sich etwas anderes suchen. Lisa saß ja, was Immobilienangebote anging, an der Quelle. So brachte sie immer wieder neue Angebote mit, verstand aber Thomas' Einwand sehr gut, dass sie sich die Gegend auch anschauen sollten, damit sie ein Gefühl dafür entwickelten, ob sie sich dort wohlfühlen würden. So waren sie auf die Idee gekommen, jeden Sonntag einen Spaziergang zu machen. Sie waren in Großprüfening gewesen und in Burgweinting, sie waren durch Pentling und Oberisling gegangen. Thomas' Argument, das sei ihm zu weit draußen, hatte Lisa so nicht stehen lassen können. Erstens war es nicht weit und zweitens wollte sie gerne einen kleinen Garten. Für Paula, sagte sie. Leider hatte es noch kein Immobilienangebot für Stadtamhof gegeben, das bezahlbar gewesen wäre oder einen Garten gehabt hätte. Wie denn auch, mitten in der Stadt? Deshalb hatte Thomas so gar nichts gefallen von dem, was sie angeschaut hatten, denn eigentlich wollte er da bleiben, wo sie nun waren. Heute hatten sie sich Prüfening vorgenommen, wo wieder kräftig gebaut worden war. Irgendein freies Feld hatte es doch noch gegeben, dachte Thomas. Der, dem es gehört hat, der ist jetzt reich und kann in Stadtamhof wohnen, wenn er das will.

Lisa schob den Kinderwagen. Da sie unter der Woche so wenig von ihrer Tochter hatte, wollte sie wenigstens am Sonntag die Zeit mit Paula genießen. Das Wort *genießen* hatte Thomas dabei etwas gestört, aber wenn er genau nachdachte, dann genoss er die Zeit mit Paula auch sehr oft. Wenn sie im Sandkasten spielte und er in Ruhe Zeitung oder ein Buch lesen konnte, wenn sie ihre Ärmchen um seinen Hals schlang und Papa sagte, als würde in diesem einen Wort die ganze Welt liegen.

Sie hatten ihren Wagen am REZ geparkt, dem Einkaufszentrum am Rennplatz, und von dort ihren Spaziergang durch den Westen mit der äußeren Besichtigung der Häuser gestartet. »Wir gehen durch den Bestand in Richtung Wernerwerkstraße«, hatte Lisa gesagt. »Vielleicht finden wir ein hübsches Haus, es muss ja kein Neubau sein.«

Thomas übte sich in diplomatischem Schweigen.

»Schau, überall Familien mit Kindern!«, freute sich Lisa, und tatsächlich, auf jedem grünen Fleckchen, das von Zaun und Hecke eingerahmt war, tobten Kinder, manchmal allein, manchmal mit den Vätern, die sich am Sonntag Zeit nahmen.

»Ich mag aber Stadtamhof«, sagte Thomas nur, denn mehr fiel ihm dazu nicht ein. »Dass du immer nur an dich denkst«, antwortete Lisa, und Thomas merkte, dass er sich mehr einfallen lassen musste, um einen Umzug in eine familiengerechtere Gegend zu sabotieren. Lange konnte er Lisa nicht mehr hinhalten. Seine Befürchtung, irgendwo in einer Siedlung zu sitzen und als Hausmann zu versauern, würde sich ja nicht erfüllen: Immerhin kam Paula im Herbst in die Krippe. Nach einer ersten

Eingewöhnungszeit würde er seine Arbeit wieder ganz aufnehmen, statt nur hin und wieder den Journalisten zu geben.

»Meine Eltern fragen ständig, wann wir endlich umziehen.« Lisa erwähnte es bei jedem ihrer Spaziergänge, und Thomas hörte es als Drohung. Ihm war klar: Wenn sie nicht bald was fänden, dann würde der Schwiegervater sich persönlich darum kümmern. »Ihr könntet schon längst was Passendes haben«, hatte er erst kürzlich Thomas am Telefon gesagt. »Lisa hat Ahnung von Immobilien, und du hast den ganzen Tag Zeit – eine Woche, eine Entscheidung, und ihr könnt umziehen!«

Von wegen Zeit. Der Schwiegervater wusste nicht, wie schnell so ein Tag dahinschmolz, wenn man mit Paula unterwegs war. Abends war er hundemüde. »Was habt ihr denn heute Schönes gemacht?«, fragte Lisa dann, und Thomas kam sich albern vor, wenn er von Kuchen im Sandkasten, von neuen Wörtern und dem gemeinsamen Anschauen von Bilderbüchern erzählte.

»Mir würde es hier gefallen«, sagte Lisa und lächelte Thomas glücklich an. »Die Donau ist in der Nähe, das Westbad auch, im Donaupark können wir joggen, es gibt gute Einkaufsmöglichkeiten, viele Spielstraßen, du bist genauso schnell aus der Stadt draußen wie drinnen im Zentrum.«

Ich bin im falschen Film, dachte Thomas. Ich muss ihr endlich sagen, dass ich das überhaupt nicht will. Sonst sitze ich bald im Reihenhaus.

»Früher fand ich Reihenhäuser schrecklich«, nahm Lisa unwissentlich seinen Gedanken auf. »Aber jetzt sehe ich das anders. Du hast jede Menge Platz, einen kleinen Garten und wenn die Nachbarn nett sind, dann entsteht eine Gemeinschaft.«

»*Wenn* sie nett sind«, brummte Thomas.

»Du denkst immer nur das Schlechteste von den Menschen«, meinte Lisa, und als es zu regnen begann, schlug sie vor, die Besichtigungstour zu unterbrechen und im Opera noch nett Kaffee trinken zu gehen.

Während Lisa am späten Nachmittag Bauklötzchen aufeinanderstellte, die Paula mit großem Jubel wieder umwarf, recherchierte Thomas im Internet. Konnte er irgendetwas finden über diesen Karim Özdag?

Er las noch einmal den kleinen Artikel über den Toten aus der Donau. Ein Unbekannter sei angeschwemmt worden, hieß es da noch. Todesursache unklar. Thomas sah auf das Kürzel: asch. Das war ihm beim ersten Lesen gar nicht aufgefallen. Aschenbrenner hatte also die Meldung verfasst, der Kollege, den er am allerwenigsten mochte. Inzwischen hatte sich in der Redaktion der Name »Aschgeier« eingebürgert, weil sich Aschenbrenner auf jede gute Geschichte stürzte wie ein Raubvogel und sie nicht mehr aus den Klauen ließ. Arsch durfte man ihn nicht mehr nennen, so wie das früher üblich gewesen war. Er hatte es mal mitgekriegt und sich beim Chef über Mobbing beschwert. Ausgerechnet er, der Schrecken aller Volontäre und vor allem Volontärinnen.

Aschenbrenner hatte offenbar nicht geahnt, dass mehr hinter dem Tod dieses Mannes stecken könnte, sonst hätte er schon aus dieser kleinen Polizeinotiz mehr gemacht. Gut. Der war also nicht auf der Spur. Noch gehörte die Geschichte ihm, wenn es denn überhaupt eine war.

Ein Foto fand er noch, das Karim Özdag als Mitglied der zweiten Tischtennis-Mannschaft des TSV Kareth-Lappersdorf zeigte. Sie hatten irgendetwas gewonnen, einer hielt einen Pokal in der Hand. Thomas versuchte, das Foto zu vergrößern, aber dadurch wurde es nur noch grober und körniger, er konnte nicht viel mehr erkennen als einen lächelnden jungen Mann mit dunklen Haaren, mittelgroß, schlank. So ähnlich hatte er ihn sich auch vorgestellt. Nichts Neues also. Dennoch druckte er das Foto aus. Er wollte ständig vor Augen haben, um wen es bei seinen Recherchen ging. Morgen würde er sich erst einmal um den Schatzsucher kümmern. Ludwig Kammhuber, der Freund Karim Özdags, den Sandra Rossbach ins Spiel gebracht hatte, der ihr ganz offenkundig nicht gefiel. Kam ja öfter vor, dass man die Freunde des Partners nicht mochte. Wenn er da an Lisas Freundinnen dachte, da waren auch einige dabei, denen er lieber aus dem Weg ging. Aber warum verdächtigte Sandra Rossbach den Kammhuber, mit dem Tod ihres Mannes etwas zu tun zu haben? Er würde ihm einen Besuch abstatten. Und Jana Meyerbeer anrufen. Ohne die Kommissarin würde er nicht weiterkommen. Auch wenn nun lange Funkstille geherrscht hatte: Warum sollte sie ihm nicht helfen? Schließlich war ihre Zusammenarbeit in mehr als einem Fall erfolgreich gewesen. Reitinger, der Ermittler. Ja, das hatte ihm gefehlt. Recherchieren, nachfragen, was rausfinden. Wäre es nicht makaber, so müsste er sich eingestehen, dass er Blut geleckt hatte.

Er hörte Stimmen aus dem Flur. Seine Mutter war da. Er hatte ganz vergessen, dass Lisa und er sie zum Abendessen eingeladen hatten. Paula krähte vor Freude, die Oma zu sehen. Er schloss den PC und ging hinaus in den Flur. »Schön, dass du da bist«, sagte er zur Begrüßung und nahm sie in den Arm. Dann wandte er sich an Lisa. »Wir müssen essen gehen, ich hab nichts eingekauft für heute Abend.«

»Mei, Bub, aus dir wird nie eine gescheite Hausfrau«, sagte seine Mutter.

4. Kapitel

Thomas hörte die Nachrichten im Radio und kochte dazu Kaffee. Noch war es still. Paula hatte bis spät in die Nacht gequengelt und schöpfte noch Kraft für einen weiteren Tag voller Abenteuer. Lisas Wecker hatte er ausgemacht. Er würde sie in einer Viertelstunde mit einer Tasse Kaffee überraschen.

Er genoss die Ruhe, schenkte sich Kaffee ein, etwas Zucker, ein bisschen Milch, dann sah er aus dem Fenster. Blauer Himmel, kaum ein Wölkchen. Das Wetter versprach, schön zu bleiben. Was würde er mit Paula unternehmen? Erst einmal musste sie mit zur Einweihung des neuen Biotops in der Grundschule Schwabelweis. Sie könnten mit dem Fahrrad fahren. Er hatte in der Redaktion vorgeschlagen, die Fotos selbst zu machen. Er hatte überhaupt keine Lust, einen grinsenden Bobby dabei zu haben, der ihm noch einmal aufs Brot schmieren würde, wie Reitinger am Samstag Sandra Rossbach vor dem Sprung ins Wasser zu retten versucht hatte.

Hoffentlich war Paula nicht der Meinung, dass sie bei den Feierlichkeiten eine größere Show abliefern konnte. Nichts war blöder, als wenn man hinter seinem schreienden Kind herlief und alle anderen Menschen einem dabei zusahen. Wie oft hatte er früher selbst halb amüsiert, halb entnervt beobachtet, wie Mütter versuchten, ihre Kinder im Supermarkt von den Süßigkeiten wegzuziehen. Dieses Gebrüll ... Diese Anspannung ... Diese Hilflosigkeit ... Aus diesem Grund vermied er es, mit Paula in den Supermarkt zu gehen. Meistens ging er erst einkaufen, wenn Lisa von der Arbeit nach Hause kam. Dann hatte sie ihre *quality time* mit dem Kind, wie das auf Neudeutsch hieß. Und er hatte seine Ruhe beim Einkaufen.

Im Herbst würde alles anders werden, wenn Paula in der Krippe war. Thomas hatte zwei Haltungen zu diesem Thema, die eigentlich nicht vereinbar schienen. Auf der einen Seite sehnte er sich danach, endlich wieder mehr arbeiten zu können. Auf der anderen Seite konnte er sich kaum vorstellen, seine Paula dann den halben Tag in fremder Obhut zu lassen. Er hatte kein Problem damit, sie seiner Mutter anzuvertrauen. Aber wie gut, dass die Schwiegereltern in Passau wohnten. Er wollte sich nicht vorstellen, wie sie sich in Paulas Erziehung einmischten. Es reichte ihm ja schon, wenn sie ab und zu da waren und ihm erklärten, was er alles falsch machte.

Paula schrie. Der Tag hatte ohne sie begonnen, das konnte sie gar nicht leiden. Dann hörte er auch Lisa. Von Paulas Gezeter geweckt hatte sie einen müden Blick auf den Wecker geworfen und bemerkt, dass es schon ziemlich spät war.

»Warum hast du mich denn nicht geweckt?«, fragte sie mit einem leichten Vorwurf in der Stimme. Thomas, der gerade Paula samt ihrem Elchi aus dem Bettchen hob, antwortete mit einem lieben Lächeln: »Du hast noch so schön geschlafen.«

Lisa sah ihn misstrauisch an. Sicher wusste sie nach all den gemeinsamen Jahren, dass ihr Mann morgens gerne mal eine halbe Stunde für sich hatte, aus dem Fenster schaute und vermutlich nichts dachte und nichts tat.

Während Lisa duschte, wechselte Thomas seiner kleinen Tochter die Windeln und erklärte ihr, was sie beide miteinander unternehmen würden.

»Wir schauen uns heute eine Schule an«, erzählte er. »Denn vielleicht bist du ja hochbegabt, und wir überspringen gleich Krippe und Kindergarten.« Dann schnupperte er. »Verflixt!« Der Geruch von verbrannter Milch lag in der Luft. Er klemmte Paula unter den Arm und rannte in die Küche. Thomas nahm den Topf vom Herd, öffnete das Fenster, fluchte leise vor sich hin. Paula strampelte in seinem Arm, er setzte sie kurzerhand in ihren Kindersitz.

»Flix, flix!«, rief Paula, ihn imitierend, während er neue Milch aufsetzte und versuchte, die über das heiße Ceranfeld tanzenden Milchtropfen mit einem Lappen einzufangen.

Eine Viertelstunde später stand Lisa im Business Kostüm, mit Hochsteckfrisur und dezent geschminkt in der Küche und trank ihren Kaffee im Stehen.

»Setz dich wenigstens einen Moment zu uns«, bat Thomas, während Paula mit dem Löffel in ihren Brei schlug, dass es nur so spritzte.

»Sorry, aber ich bin in Eile. Was habt ihr vor?«

»Wir weihen ein Biotop ein, und dann kümmere ich mich mal um den Toten aus der Donau.«

Lisa musterte ihn angetan. »Weißt du, dass du ganz anders ausschaust, wenn du eine Geschichte wirklich recherchieren willst und nicht nur das aufschreibst, was dir andere in den Block diktieren?«

»Wie schaue ich denn dann aus?«, fragte Thomas und sah an sich herunter. Er fand, in seinem Schlaf-T-Shirt und der Jogginghose machte er keine besonders überzeugende Figur.

»Männlich-herb-entschlossen.«

»Verarschen kann ich mich selbst.«

»Meine ich ernst«, sagte Lisa und gab ihm einen flüchtigen Kuss zum Abschied. »Du bist ein ganz anderer Typ, wenn du weißt, was du willst. Also mach es auch.«

Lisa küsste nun auch die kleine Paula, die ihr gerne etwas Brei an den Ärmeln mit auf den Weg geben wollte, was Lisa geschickt zu verhindern wusste.

Thomas radelte die Donau entlang hinaus in Richtung Schwabelweis. Hinter ihm auf dem Kindersitz Paula, die ihm rhythmisch auf den Rücken klopfte. Er trug einen Helm, weil Paula sonst ihren nicht aufsetzen wollte. Die Donau glitzerte im Sonnenlicht. Er freute sich daran und dachte nicht lange über den Termin nach, das würde sich alles von selbst ergeben. Ein schönes Foto von Kindern rund um den Weiher, ein paar Worte des Rektors, das würde schon passen. Er hatte vorher in der Redaktion angerufen. Sie brauchten den Artikel nicht für morgen, er konnte also abends in aller Ruhe schreiben.

Wie viele Menschen in diesem Fluss wohl schon zu Tode gekommen waren so wie Karim Özdag? Thomas dachte an den Geiger, den sie vor Jahren aus dem Hafenbecken gefischt hatten. Ja, er war stolz darauf, dass er etwas zur Aufklärung des Falles beigetragen hatte. Wobei der Mann nicht der Donau zum Opfer gefallen war, sondern einem Mörder, der ihm mit einer Geigensaite den Hals zugeschnürt hatte, bevor er ihn ins Wasser befördert hatte.

Lisa hatte Recht. Der neue Fall, wenn es einer war, interessierte ihn. Sehr sogar. Er wollte ganz genau wissen, ob es wirklich ein Unfall gewesen war. Er hatte da so ein komisches Gefühl.

Während der Rektor eine kleine Rede hielt, in der oft die Worte Kinder und Natur vorkamen, blätterte Thomas in seinem kleinen Notizbuch. Ludwig Kammhuber hieß der Schatzsucher, mit dem Karim Özdag unterwegs gewesen war. Und während die Kinder ein Lied sangen über Biber, welche Fieber haben und über Hummer mit Kummer, sah er verstohlen auf seinem Smartphone nach. Der Mann hatte sein Installationsgeschäft gar nicht so weit von hier. Keilberg. Thomas seufzte unwillkürlich, denn der Weg dahin ging bergauf.

Der fragende Blick einer Lehrerin holte ihn in die Gegenwart zurück. Er notierte eifrig, während Paula zu seinen Füßen auf seinem Sakko saß und Gänseblümchen rupfte.

Bevor er sich auf den Weg in Richtung Keilberg machte, rief er noch bei der Kripo an. Jana Meyerbeer war nicht da, hieß es. Ihre Handynummer gab der Kollege ihm nicht, lachte nur höhnisch. »Die wollen viele.« Thomas überlegte, ob er die Nummer noch irgendwo gespeichert hatte, aber er fand sie nicht. Vielleicht hatte sie ohnehin schon eine neue. Er rief noch einmal bei der Kripo an, dieses Mal bei der Pressestelle, und fragte nach dem Obduktionsergebnis von Karim Özdag. Aber auch hier biss er auf Granit. »Wenn's was zu sagen gibt, dann schicken wir eine Pressemitteilung raus.«

An solchen Tagen merkte er, dass er nicht mehr dazugehörte zum inneren Zirkel. Ein Aschenbrenner, der ständig mit den Leuten von der Kripo telefonierte, hätte sicher eine bessere Auskunft bekommen. Er konnte nun resignieren und nach Hause fahren oder dem Schatzsucher in Keilberg einen Besuch abstatten. Wie hatte Lisa gesagt? Er sehe anders aus, wenn er etwas wirklich wolle? Männlich-herb-entschlossen. Und das gefiel ihr wohl ganz gut. Das gab den Ausschlag. Obwohl er noch gar nicht wusste, ob Karim Özdag tatsächlich einem Verbrechen zum Opfer gefallen war, machte er sich auf den Weg nach Keilberg. Paula und er hatten ohnehin keine großen Pläne für den Tag.

Mühsam radelte er bergauf. Er kam ganz schön ins Schwitzen, zumal Paula hinten in ihrem Sitz hin und her wackelte und dazu Geräusche von sich gab, die man wohlwollend als singen bezeichnen konnte. Die Musikalität hatte sie offenbar von ihm. Der Stadtbus überholte ihn auf der engen Fahrbahn, und Thomas wurde ein wenig mulmig. Er hoffte, Paula und er würden wenigstens mit einem schönen Blick auf die Stadt belohnt, wenn sie Keilberg erreicht hätten, aber es war zu diesig. Regensburg zu Füßen des Kalkgesteins ließ sich nur erahnen, und der Blick in die Weite gab auch nicht viel her.

Thomas schob das letzte Stück bis zur Hauptstraße und dann sah er Kammhubers Geschäft vor sich. Ein Hof mit ein paar Parkplätzen, ein Haus, wie es in den 60er Jahren gebaut worden war. Groß, aber eher schmucklos, ein paar Glasbausteine. Laden und Wohnraum in einem Komplex mit jeweils eigenem Eingang. Links ein Schaufenster mit dem, was ein Installateur so anzubieten hat: Duschkopf, Wasserhahn, Waschbecken und Toilette. Rechts im Haus die Fenster mit Gardinen und Blumen.

Thomas stellte sein Rad ab und nahm Paula aus ihrem Sitz. Die Tür bimmelte, als er mit ihr eintrat, aber es war niemand da, um die Kunden zu begrüßen. »Komm schon«, hörte er eine tiefe Stimme aus dem hinteren Zimmer und schon erschien ein großer, schlaksiger Mann um die dreißig und musterte ihn fragend. »Was brauchen Sie denn?«

»Sind Sie Herr Kammhuber?«

»Nein, der Chef ist nicht da. Der ist mit dem Lehrling unterwegs.«

»Wann kommt er denn wieder?«

»Worum geht's denn? Hausbau, Badsanierung …« Der Mann im blauen Overall schlug das Auftragsbuch auf und blätterte darin.

»Nein, es ist eher persönlich«, sagte Thomas und bemerkte den misstrauischen Blick des Mannes. Warum sollte ich es ihm nicht sagen, vielleicht wird er dann ein bisschen zugänglicher, dachte er und legte nach. »Es geht um die Schatzsuche.«

»Ah, sind Sie auch so einer«, lächelte der Mann, von dem Thomas immer noch nicht wusste, wer er war und wie er hieß.

»Sie anscheinend nicht«, antwortete Thomas, und der Handwerker schüttelte den Kopf. »Ich bin bloß der Geselle.«

»Aber wenn der Chef mit der Metallsonde unterwegs ist, dann schmeißen Sie den Laden, oder?« Thomas konnte sich die Gelegenheit, ein bisschen etwas zu erfahren, nicht entgehen lassen. Paula war ruhig und sah sich in der neuen Welt um, ohne sie gleich erobern zu wollen.

»Meistens ist er ja nur am Samstag und Sonntag unterwegs«, gab der Geselle bereitwillig Auskunft. »Bloß in letzter Zeit, da fährt er manchmal schon am Nachmittag los.«

Thomas horchte auf, das klang sehr interessant. Er versuchte aber, dazu ein harmloses Gesicht zu machen. »Wo fährt er denn da hin?«

Wieder bemerkte Thomas das Misstrauen im Blick des Gesellen. »Das fragen Sie ihn lieber selber. In einer Stunde ist er wieder da.«

»Vielen Dank, Herr ...« Thomas wollte doch noch erfahren, mit wem er gesprochen hatte.

»Ich bin der Julian.«

Thomas stand mit Paula draußen im Hof und überlegte, was er nun tun sollte. Wenn er schon einmal da war, dann wollte er doch mit Kammhuber reden. »Wir zwei gehen ein wenig spazieren«, sagte er zu Paula. Sie lächelte, als er sie auf die Schultern hob und ihr den Elchi reichte.

Spazierengehen mit Paula, das war immer auch ein bisschen Sport. Manchmal zog sie ihn an den Ohren und rief »Hü!«, das erfreute vor allem die Passanten: »Ja, treib ihn nur an, den Papa, gell!« Und wenn wirklich gar niemand in der Nähe war, wenn sich Thomas fünf Mal mindestens umgeschaut und keinen bemerkt hatte, dann konnte es sein, wenn er noch dazu sehr gute Laune hatte, dass er auch aufstampfte und wieherte wie ein Pferd, um seiner kleinen Tochter eine Freude zu machen.

Er ging mit Paula den Wacholderweg entlang in der Hoffnung, doch noch einen schönen Blick ins Tal zu ergattern. Er betrachtete die neu gebauten Einfamilienhäuser und war froh, dass Lisa nicht dabei war und möglicherweise auf die Idee kam, dies wäre auch ein schöner Stadtteil. Jeden Tag wollte er diesen Berg nicht mit dem Radl erklimmen.

»Da!«, rief Paula und jetzt bemerkte es auch Thomas. Das sah doch aus wie ein Spielplatz! Ein Holzhäuschen, eine Wippe, ein Trampolin, viel freie Grünfläche, eingezäunt von einer Thujenhecke. Thomas sah ein Gartentürchen in der Hecke – doch es war verschlossen. Warum? War es Privatgelände? Er hörte Paula auf seinen Schultern schon leise greinen und er wusste, es würde nicht mehr lange dauern, bis sie ihre Sirene anwarf.

Er sah sich um und überlegte, ob er über das Tor steigen sollte, auch auf die Gefahr hin, dass er sich Ärger einhandelte. Doch das unterließ er lieber, da eine junge Frau mit Kinderwagen den Weg entlangkam.

»Entschuldigung, meine Tochter und ich wollten eigentlich ein bisschen spielen.«

Die junge Frau lächelte. »Der richtige Spielplatz ist vorne, im Brombeerweg. Kommen Sie einfach mit, wir gehen in dieselbe Richtung. Auch wenn mein Mäderl noch zu klein ist um mitzumachen.«

Reitinger sah pflichtschuldig in den Kinderwagen und schätzte das Kind auf ein knappes halbes Jahr. »Wie heißt sie denn?«, fragte er, denn inzwischen wusste er, was sich gehörte.

»Lisa«, sagte die junge Frau, und Reitinger schmunzelte. Er war nicht sicher, ob er erwähnen sollte, dass seine Frau so hieß. »Unsere Tochter heißt Paula.«

»Ja, das haben wir uns damals auch überlegt.« Schweigen. Das Thema schien ausgeschöpft. Die junge Frau musterte ihn neugierig. »Sind Sie neu in Keilberg?«

»Ich wollte eigentlich zum Installateur. Aber der ist erst in einer Stunde wieder da.«

»Ja, der Kammhuber hat gut zu tun«, antwortete die Frau.

»Das Geschäft wirkt eher bescheiden«, meinte Thomas und hoffte, noch etwas mehr zu erfahren.

»Das täuscht. Die meiste Zeit ist er unterwegs, da braucht man nicht viel Laden. Aber mit wem man auch redet, überall hat der Kammhuber das Bad gemacht, bei uns übrigens auch.«

»Ist er denn ein so guter Installateur?«

»Ich verstehe nichts davon«, erwiderte die junge Frau. »Aber alle sagen, dass er sehr sorgfältig und zuverlässig ist, und das hört man bei Handwerkern nicht so oft. Außerdem hat er für jedes Problem eine Lösung – und macht nicht immer gleich das Teuerste.«

»Ich habe gerade den Gesellen angetroffen«, erzählte Thomas und wollte zum Thema Schatzsuche überleiten, aber die Frau unterbrach ihn.

»Ja, der Julian wohnt bei uns in der Nachbarschaft. Der muss ganz schön anpacken.«

»Ist der Kammhuber so ein harter Hund?«, fragte Thomas nach.

»Es ist halt viel zu tun. Und auch wenn er auf den ersten Blick recht umgänglich und lustig wirkt, der kann schon auch anders«, erzählte die Frau.

»Ein grantiger Bayer eben«, meinte Thomas, und die Frau musterte ihn amüsiert. »Der ist doch gar nicht von hier.«

Thomas wollte nachfragen, aber sie waren schon im Brombeerweg angekommen, und Paula stieß einen Freudenschrei aus, als sie Schaukel und Sandkasten sah.

»Lang haben wir aber nicht Zeit, gell Paula«, sagte Thomas und nahm sie von den Schultern.

»Wollen Sie denn Ihr Bad vom Kammhuber machen lassen?«, fragte die junge Frau. Thomas hatte mit der Frage gerechnet. Sie hatte ihm ohnehin lange Auskunft gegeben, ohne sich über seine Neugier zu wundern.

»Ich sag es Ihnen, wie es ist«, meinte Thomas, als er es sich auf der Bank bequem machte und Paula beim Wühlen im Sand zusah. Die junge Frau hatte sich zu ihm gesetzt und schaukelte ihren Kinderwagen.

»Ich bin Journalist. Vor ein paar Tagen, da ist ein junger Mann tot aus der Donau gezogen worden …«

»Ja, das habe ich gelesen.«

»Der war öfter mit Herrn Kammhuber auf Schatzsuche, das hat mir seine Frau erzählt. Deshalb wollte ich mich mal erkundigen, was der Verstorbene für ein Mensch war, weil ich was über ihn schreiben will.«

»Wieso wollen Sie denn über den Toten etwas schreiben? War er prominent?«

»Nein, eigentlich nicht.«

Die Frau war skeptisch. »In der Zeitung stand, dass es wahrscheinlich ein Unfall oder ein Selbstmord war.«

»Sehen Sie, und weil Ludwig Kammhuber der beste Freund des Toten war, deshalb wollte ich mit ihm reden. Er muss doch wissen, ob der Mann Probleme hatte und suizidgefährdet war.«

»Aber mit dem Tod selber hat der Kammhuber nichts zu tun?«, fragte die Frau nach.

»Sie werden ihm doch keinen Mord zutrauen!«, tat Thomas erschrocken.

Die Frau schüttelte schnell den Kopf. »Ich kenne die Familie kaum, eigentlich nur den Michi, weil der mit mir zur Schule gegangen ist.«

»Also den Sohn von Herrn Kammhuber.«

»Nein, den Sohn von ihr. Der Mann hat ja eingeheiratet.«

Thomas sah die Frau verständnislos an.

»Ich hab Ihnen doch gesagt, dass er nicht von hier ist. Er hat die Werkstatt nur übernommen. Der erste Mann von Frau Kammhuber ist tödlich verunglückt. Das ist schon eine ganze Weile her.«

»Der war auch der Vater vom Michi, der mit Ihnen …«

»Genau. Jetzt haben Sie's kapiert.«

Thomas überlegte kurz, ob er das als Beleidigung nehmen sollte, aber was konnte er dafür, wenn anderswo die Familienverhältnisse so kompliziert waren?

»Was macht denn der Michi jetzt so?«

»Keine Ahnung. Der wohnt ja nicht mehr daheim.«

»Sondern?«

»Da fragen Sie mich zu viel. Die Frau Kammhuber hat meiner Mutter mal erzählt, der Michi lebe bei seinen Großeltern und habe bei seinem Opa eine Lehre als Automechaniker angefangen, aber ich kann mir nicht vorstellen, dass das was für den Michi ist.«

»Warum denn nicht?«

»Das war ein recht Gescheiter in der Grundschule. Ich hab immer gedacht, der studiert mal.«

»Das kostet aber Zeit und Geld«, warf Thomas in Erinnerung an Karim Özdag ein.

»Stimmt. Vom Stiefvater kriegt er wahrscheinlich nichts. Wenn der Geld ausgibt, dann nur für sein Hobby, sagen die Leute.«

»Wenn er als Schatzsucher so gut ist wie als Installateur …« Thomas suchte elegant die Kurve zurück zum Thema, denn die Schulfreundschaft dieser Frau mit Michael interessierte ihn weniger.

Da klingelte das Handy der Frau, und als sie das Gespräch annahm, merkte Thomas, dass das eine längere Sitzung wurde. Freundinnengespräch. Er stand auf. »Wir müssen sowieso los, danke«, sagte er nur und überlegte, wie er jetzt Paula aus dem Sandkasten kriegen könnte.

Der Mann hinter der Ladentheke hatte gewechselt. Thomas schaute jetzt nicht in das arglose, hagere Gesicht des Gesellen, sondern auf das breite, joviale Lächeln eines Endvierzigers, der schon etwas angesetzt hatte, aber zu denen zählte, die man als gut erhalten bezeichnen konnte. Er trug seine wenigen dunkelblonden Haare eher kurz, seine blauen Augen waren aufmerksam auf das Gegenüber gerichtet. Wobei Thomas auffiel, dass der Mann wirklich ihn ansah und nicht Paula, die auf seinem Arm saß. Das hatte er selten. Fast alle Menschen schauten zuerst seine Tochter an, wofür Thomas immer vollstes Verständnis hatte.

»Guten Tag, wie kann ich Ihnen helfen?«, fragte der Mann hinter der Theke mit einem freundlich-professionellen Ton und einem sehr unbayerischen Zungenschlag. Das musste Kammhuber sein. »Suchen Sie was Bestimmtes oder wollen Sie sich erst einmal umsehen?«

Thomas blickte zwischen Toilettenschüsseln und Waschbecken hin und her und überlegte, woher Kammhuber wohl war. Woran erinnerte ihn dieser Sprachduktus? Richtig! Wolfgang Niedecken von BAP, den hatte er kürzlich noch in einer Talkshow gesehen. Und er besaß eine CD von der Kölner Band. Kammhuber war möglicherweise aus dem Rheinland hierhergekommen. Ihm fehlte auch die bayerisch-grobe Art. Ob seine Herzlichkeit aber ganz echt war, da hatte Thomas so seine Zweifel.

Reitinger hatte sich vorgenommen, nicht lange den scheinbar interessierten Kunden zu spielen, sondern direkt zur Sache zu kommen.

»Mein Name ist Thomas Reitinger und ich bin Journalist. Es geht um Karim Özdag.«

Das joviale Lächeln verschwand für einen Moment aus Kammhubers Gesicht. Er schob einen aufgeschlagenen Ordner zur Seite, in dem er geblättert hatte, als Paula und Thomas hereingekommen waren. Thomas linste kurz hin, bevor Kammhuber ihn schloss: Es handelte sich keinesfalls um Duschköpfe oder Badewannen, das konnte er auf Anhieb erkennen. Mehr aber nicht.

»Hat Sie auch die Witwe geschickt?«, fragte Kammhuber, und nun hatte sein Ton zwar immer noch etwas Freundliches, aber es klang sehr bemüht.

»Wieso auch?«

»Die Polizei war schneller als Sie. Die hat mich schon befragt.«

Thomas war erstaunt. Sandra Rossbach hatte ihm gesagt, dass die Kripo ihr nicht geglaubt hatte, als sie von einem möglichen Mord gesprochen hatte. Offenbar hatte sie auch dort den Schatzsucher-Freund ins Spiel gebracht – und auch wenn Jana Meyerbeers Wadlbeißer der jungen Witwe offenbar über den Mund gefahren war, so hatten sie doch dem Installateur einen Besuch abgestattet.

»Konnten Sie der Polizei denn weiterhelfen?«, fragte Thomas, nachdem er seine Gedanken neu sortiert hatte.

»Abgesehen davon, dass Sie das gar nichts angeht: Nein, Karim ist verunglückt oder hat sich was angetan. Mit mir hat das nichts zu tun, wir hatten keinen Streit. Das wollen Sie doch sicher auch alles wissen.«

»Was meinen Sie, könnte es sein, dass er sich umgebracht hat?«

Ludwig Kammhuber seufzte tief und zuckte die Schultern. »Wissen Sie, ich habe gedacht, dass ich den Jungen gut kenne. Aber wer kann schon in einen Menschen reingucken? Wenn einer nicht mehr leben will, dann kann man ihn auch nicht festhalten.«

So ähnlich hatte Bobby Friedrich das auch gesagt, als er Sandra Rossbach auf der Brücke hatte stehen sehen, dachte Thomas. Scheint eine übliche Ausrede zu sein, wenn man sich nicht mit Schuldgefühlen plagen will.

»Ist Ihnen denn etwas aufgefallen an ihm in letzter Zeit?«

Kammhuber schien zu überlegen. »Den Menschen steht ja nicht auf der Stirn geschrieben, was sie bewegt. Der Karim war ein sehr ernsthafter junger Kerl, der viel von Archäologie verstanden hat und ein leidenschaftlicher Schatzsucher war.«

»So wie Sie.«

»Woher wollen Sie das denn wissen?«

»Sind Sie's denn nicht?« Thomas wollte auf keinen Fall preisgeben, dass er sich schon erkundigt und sich gerade verplappert hatte.

»Der Mensch braucht ein Hobby, wissen Sie«, sagte Kammhuber und lächelte. »Und ich habe meins gefunden.«

Thomas sah zu Paula, die inzwischen begonnen hatte, das neue Terrain zu erkunden, das sie bei ihrem ersten Besuch nur in Augenschein genommen hatte. Wieder fiel ihm auf, dass Kammhuber dem Mädchen keinen Blick schenkte, als würde er über Kinder einfach so hinwegsehen.

»Dann sind Sie beide gemeinsam auf Schatzsuche gegangen?«

Als Kammhuber nur kurz nickte, fragte Thomas nach: »Wie lange denn schon?«

Kammhuber schien zu überlegen, obwohl Thomas sicher war, dass Jana Meyerbeer das auch gefragt hatte.

»Eineinhalb oder zwei Jahre, ich weiß es nicht mehr so genau, die Zeit verfliegt ja so schnell«, antwortete er und setzte wieder sein joviales Lächeln auf.

»Aber in letzter Zeit nicht mehr so oft gemeinsam«, sagte Thomas und sah, dass Kammhuber Mühe hatte, sein Lächeln beizubehalten.

»Das haben Sie von der Witwe, oder?«

»Gab es denn einen Grund?« Thomas ging auf Kammhubers Frage nicht ein.

»Wissen Sie, Karim hat mir gesagt, er möchte gerne mehr Zeit für die Familie haben, weil wir meistens am Wochenende unterwegs waren. Ich sag Ihnen aber, die Frau hat Druck gemacht, weil sie eifersüchtig auf sein Hobby war.«

»Streit gab's wirklich keinen, oder?«

Thomas merkte, dass Kammhuber allmählich die Geduld ausging. »Das habe ich doch schon gesagt. Die Antwort ist: Nein. Und jetzt würde ich gerne wieder arbeiten. Fragen Sie doch die Kommissarin, wenn Sie noch mehr wissen wollen, die hat alle Antworten schon.«

Darauf kannst du dich verlassen, dachte Thomas, sprach's aber nicht aus. »Wenn ich schon mal da bin, können Sie es mir doch auch sagen«, bat er stattdessen und setzte ein harmloses Lächeln auf. Er merkte, dass Kammhubers Stimmung kippte.

»Damit Sie mich in Ihrem Schmierblatt zum Mörder machen?«

»Davon habe ich doch gar nichts gesagt!«

Paula meldete sich mit einem Freudenschrei. Sie hatte eine Toilettenschüssel entdeckt, die ihr sehr interessant vorkam.

»Ja, so was haben wir auch daheim, gell?«, sagte Thomas, während Paula mit ihren kleinen Händchen auf die Keramik patschte. Dann wandte er sich wieder dem Installateur zu und bemühte sich, die Schärfe aus dem Gespräch zu nehmen. »Sie waren sein einziger Freund, das hat Frau Rossbach gesagt.«

»Aber gemocht hat sie mich nicht, glaube ich.«

»Vielleicht haben Sie Recht, und es hat ihr etwas ausgemacht, dass ihr Mann so viel Zeit mit Ihnen verbringt.«

»Wir waren kein schlechtes Team ...« Für einen Moment wirkte Kammhuber weicher, fast melancholisch.

Paula versuchte unterdessen, die Toilettenschüssel zu erklimmen. Noch gab sie Ruhe, deshalb ließ Thomas sie gewähren. Wenn sie zu quengeln anfing, konnte er sie immer noch draufsetzen.

»Was kann man denn überhaupt suchen?«, fragte Thomas. »Wissen Sie, ich habe so gar keine Ahnung.«

Richtige Frage, Kammhuber wurde wieder etwas zugänglicher. »Sehen Sie, wenn Sie jetzt einmal Keilberg nehmen. Da gab es schon in der Altsteinzeit Siedlungen.«

»Und davon lässt sich noch was finden?«

»Ja, Werkzeug aus Stein zum Beispiel. Oder auch Scherben von Gefäßen aus der Römerzeit.«

»Sie haben also gleich hier in der Umgebung gesucht und was gefunden?«

Ein mitleidiger Blick des Fachmanns traf ihn. »Ein Schatzsucher sagt doch einem Außenstehenden nicht, wo er sucht.«

»Sie meinen, ich nehme es Ihnen weg?«

»Sehen Sie, Karim und ich, wir waren ein Team. Aber Sie kenne ich ja nicht mal. Dann sind Sie auch noch bei der Zeitung.«

»Was könnte man denn sonst noch suchen und finden?«

»Wissen Sie nicht, dass eine ganze Menge Reichsgold noch irgendwo im Boden ist? An der Grenze zu Tschechien, sagen manche. In Oberbayern, sagen andere. Es gibt viele Schatzsucher, die sich darauf spezialisiert haben. Dann gibt es auch die, die zufällig auf etwas stoßen, zum Beispiel, weil irgendwo eine Leitung verlegt wird. Denken Sie doch mal an den Römerschatz, den ein Bauarbeiter 1989 in Kumpfmühl gefunden hat. Erst hieß es, der sei eine Million wert. Aber als es dann um den Finderlohn ging, da war's nur noch gut ein Zehntel davon. So zieht man die Finder über den Tisch.«

Ludwig Kammhuber war in seinem Element, doch Thomas bemerkte aus dem Augenwinkel, dass Paula allmählich grantig wurde, weil es ihr partout nicht gelingen wollte, die Toilettenschüssel zu erklimmen. Also hob er sie hoch und setzte sie drauf. Mit etwas Mühe gelang es ihr, auf dem Rand sitzend zu balancieren. Das würde sie wieder ein paar Minuten beschäftigen, hoffte Thomas.

Der Geselle kam zur Tür herein. Er nickte Thomas kurz zu und wandte sich dann an seinen Chef.

»Meister, wir haben da ein Problem an der Baustelle in Donaustauf.«

»Ich habe jetzt keine Zeit.«

»Aber wir können nicht weiterarbeiten. Der Bauherr möchte jetzt im Bad noch mal alles ganz anders, aber wir haben doch schon die Rohre verlegt …«

Kammhubers freundliche blaue Augen wurden eiskalt. Thomas hatte noch nie gesehen, dass sich ein Blick so schnell verändern konnte. Kammhuber ballte die Fäuste, sein Gesicht bekam Farbe, er konnte seine Wut offenbar kaum beherrschen.

»Du wirst doch wohl in der Lage sein, das alleine zu regeln, ich bin heute Nachmittag nicht da. Kapiert?«

»Okay«, antwortete Julian, fast ein bisschen eingeschüchtert, wie Thomas dachte.

Da klingelte Kammhubers Handy. Er sah die Nummer und ging ran. »Ja, einen Moment«, sagte er nur und verließ ohne weitere Erklärung mit dem Handy den Laden. Natürlich hätte

Thomas nur zu gerne gewusst, mit wem er da telefonierte. Aber er würde es sowieso nicht erfahren. Julian war mit einem schweren Seufzer nach hinten gegangen. Thomas hörte eine Kühlschranktür und ein Zischen.

Solange er alleine war, nutzte er die Chance und nahm sich schnell den Ordner vor, den Kammhuber vorher beiseitegeschoben hatte. Er fand das Ergebnis auf den ersten Blick enttäuschend. Es waren Abbildungen von archäologischen Funden. Spangen, Armreife, Nadeln, ein Teil, das ihn sehr an ein Beil erinnerte. Er warf einen schnellen Blick aus dem Schaufenster, doch Kammhuber wandte ihm noch den Rücken zu. Reitinger machte ein Foto mit seinem Handy und wollte gerade weiterblättern, doch da begann Paula zu schreien. Bevor Kammhuber sich umdrehen und in den Laden sehen konnte, sprang Thomas mit einem Satz hinter der Verkaufstheke hervor. Im Hechtsprung in Richtung Tochter machte ihm inzwischen niemand mehr etwas vor. Dennoch schaute der Installateur misstrauisch, als er zur Tür hereinkam.

»War's das? Ich hab noch zu tun«, sagte er kurz und ließ die Tür gleich offen.

»Danke für die Auskunft, Herr Kammhuber.«

»Übrigens«, schob der Installateur nach. »Wenn Sie schon alles so genau wissen wollen: Ich habe ein Alibi für die Nacht, in der Karim gestorben ist. Danach hat die Polizei nämlich auch gefragt. Vielleicht sollten Sie sich auch weniger nach mir erkundigen als nach dem Toten. Was haben Sie denn über den in Erfahrung gebracht?«

»Wie meinen Sie das?«, fragte Thomas irritiert.

»Vielleicht hat Ihnen die Witwe nicht alles erzählt, was Sie wissen sollten.«

Nachfragen war nicht möglich. Kammhuber schloss die Tür und grinste. Offensichtlich freute ihn sein Überraschungscoup am Ende.

Thomas wollte Paula gerade in den Kindersitz verfrachten und dachte über die letzte Bemerkung Kammhubers nach, als ein kleiner roter Daihatsu auf den Hof fuhr und vor der Haustür parkte. Die Frau, die ausstieg, sah ihn mit leerem Blick an, als würde sie durch ihn hindurchsehen. Thomas' Gruß erwiderte sie nur mit einem Nicken, öffnete den Kofferraum und holte einige Einkaufstaschen heraus. Thomas bemerkte die Wasser- und Bierkisten. Er ging mit Paula an der Hand hin.

»Lassen Sie sich helfen«, sagte er nur, hob die Kisten aus dem Kofferraum und stellte sie vor der Haustür ab.

Die Frau wirkte überrascht, fast überrumpelt von seiner Hilfsbereitschaft. Vorzeitig gealtert, etwas farblos, traurig und müde, so hatte sie zunächst auf Thomas gewirkt, aber nun, da sie Paula sah, ging ein Lächeln über ihr Gesicht.

»Helfen«, wiederholte Paula und hielt sich an der Stoßstange des Kleinwagens fest.

»Wer bist du denn?«, fragte die Frau und alles Graue verschwand aus ihrem Gesicht und machte Platz für Warmherzigkeit und Freundlichkeit.

»Paula«, antwortete diese artig. Die Frau streckte die Hand aus, und Paula nahm einen Finger.

»Soll ich Ihnen die Kisten noch ins Haus tragen?«, fragte Thomas, und die Frau zögerte kurz. Dann nickte sie, sperrte die Haustür auf und nahm selbst zwei Taschen in die Hand. »Die Speisekammer ist gleich vorne rechts. Wenn Sie's da reinstellen …«

Ein schmaler, langer Gang, etwas dunkel. Er öffnete die Tür mit dem Ellenbogen und stellte die Kisten in die Kammer. Dann streckte er die Hand aus. »Ich hab mich noch gar nicht vorgestellt. Thomas Reitinger.«

»Gabriele Kammhuber. Vielen Dank für Ihre Hilfe.«

Die Frau holte aus einer Einkaufstasche einen Apfel und gab ihn Paula. Thomas wollte schon fragen, wie man denn da sagt, aber Paula kam von selbst drauf: »Danke.«

Thomas gab der Frau seine Visitenkarte, und sie sah irritiert drauf.

»Sie sind Journalist?«

»Ich habe gerade mit Ihrem Mann über Karim Özdag gesprochen …«

»Was machen Sie denn noch da?« Thomas sah Ludwig Kammhuber in der Eingangstür stehen, die er fast ganz ausfüllte. Der Gang wurde gleich noch etwas dunkler. Paula klammerte sich an Thomas' Hosenbein. Frau Kammhuber zuckte zusammen.

»Ich habe Ihrer Frau nur kurz geholfen, die Einkäufe reinzutragen.«

»Sehr nett, aber das können wir selbst. Ich wäre Ihnen sehr dankbar, wenn Sie jetzt gehen würden.« Die Worte waren viel freundlicher als der Tonfall.

Thomas sah, dass Kammhuber beobachtete, wie er die kleine Paula in den Kindersitz verfrachtete, dann zurückging in sein Geschäft, aber demonstrativ aus dem Fenster schaute. Thomas nahm Paula noch den Apfel ab und versprach ihr hoch und heilig, sie würde ihn später wiederbekommen. Als er ihr den Elchi in die Hand drücken wollte, bemerkte er erst, dass sie die linke Hand fest um einen Gegenstand geschlossen hatte.

»Was hast du denn da?«

Paula antwortete nicht. Sie bockte, offenbar wollte sie das Teil nicht hergeben.

»Komm, zeig's mir.« Reitinger legte alle Liebenswürdigkeit in seine Stimme, die er irgendwo in sich auftreiben konnte, um seine Ungeduld zu überspielen. Aber Paula gab nicht nach.

»Komm, gib her, Paula«, sagte er leise und Paula antwortete mit ihrem Lieblingswort: »Nein.«

Thomas konnte so ungefähr erkennen, was es war, da auf beiden Seiten von Paulas kleiner Faust etwas herausragte. Vermutlich hatte sie ein Teil in Kammhubers Werkstatt mitgehen lassen. Der Installateur würde es hoffentlich nicht vermissen.

»Du darfst es behalten, aber nicht in den Mund stecken«, sagte Thomas.

»Nein«, antwortete Paula und steckte es prompt in den Mund.

Thomas nahm es ihr nun doch mit sanfter Gewalt ab, ließ es in der Hosentasche verschwinden, gab ihr Elchi und stieg schnell aufs Rad. Paulas Gebrüll zogen sie wie einen Kondensstreifen hinter sich her, als sie von Keilberg aus wieder hinunter in Richtung Innenstadt fuhren.

Viele Gedanken gingen ihm durch den Kopf. Die traurige Frau, der scheinbar joviale Installateur, der offenbar auch schnell wütend werden konnte, vor allem aber die Bemerkung, die er zu Karim Özdag gemacht hatte. Sandra Rossbach könnte ihm etwas verschwiegen haben, was wichtig war. Aber warum und vor allem was? Er würde nachfragen. Ich muss vor allem dringend mit Jana reden, dachte Thomas, als er die Fahrt bergab genoss, weil sie nicht so anstrengend war und sich Paula allmählich auch beruhigte. Wegen des Obduktionsergebnisses, des Alibis und auch wegen dieser Anspielung von Kammhuber am Schluss. Hat er ihr das auch gesagt? Gab es etwas in der Vergangenheit Özdags, was mit seinem Tod in Zusammenhang stehen könnte?

Paula gönnte sich einen verspäteten Mittagsschlaf, und Thomas war, nachdem er sich ausführliche Notizen zum Gespräch mit Kammhuber gemacht hatte, versucht, sich auch gleich hinzulegen. Aber erst musste er Jana Meyerbeer erreichen.

»Bist du wieder im Dienst?«, fragte sie, und er überlegte, ob sie freudig-überrascht oder irritiert klang.

»Mehr oder minder«, antwortete er ziemlich vage. »Auf jeden Fall würde ich gerne mit dir Kaffee trinken gehen.«

Jana Meyerbeer lachte. »Immer noch so charmant wie früher. Du hast dich nicht verändert.«

»Ich mich nicht, aber die Umstände«, gestand Thomas, und wie auf Kommando fing Paula im Hintergrund an zu krähen.

»Kann es sein, dass ich die Umstände gerade höre?«

»Ja, ich bin jetzt erstens Paulas Vater und zweitens Journalist.«

»Sagst du mir wenigstens, worum es geht?«

»Der Tod von Karim Özdag.«

»Ach, hat dich die Witwe darauf angesetzt?«

»Ich habe so ein Gefühl, dass der Mann nicht freiwillig in die Donau gesprungen ist.«

»Herr Reitinger hat ein Gefühl«, spottete die Kommissarin, und Thomas spürte plötzlich so etwas Vertrautes, als hätten sie sich erst vor ein paar Tagen gesehen. Dabei musste es mindestens zwei Jahre her sein, bevor Paula geboren war. Die schrie immer noch. Er ging zum Bettchen, hob sie heraus, gab ihr den Elchi und hoffte, er würde nun einigermaßen ungestört zu Ende telefonieren dürfen. Er hätte noch gerne gefragt, ob Jana ihm nicht schon etwas zur Obduktion sagen könnte oder zu Kammhubers angeblichem Alibi, aber Paula gab keine Ruhe.

»Passt Museumscafé?«

»Schöne Idee. Wann?«

»Am besten gleich.«

Jana Meyerbeer lachte: »Was ist denn so dringend?«

»Wenn das Obduktionsergebnis vorher über eure Presseabteilung rausgeht und sich nachweisen lässt, dass es kein Unfall war, dann schau ich mit dem Ofenrohr ins Gebirg.«

»Ich wusste gar nicht, dass es noch Ofenrohre gibt.«

»Jaja, und weil die meisten innen schwarz und gebogen sind, sieht man sowieso nichts. Außerdem müsste ich von Regensburg aus weit schauen, um überhaupt ein Gebirge zu sehen.«

»Danke für die Belehrung.«

»Ich dachte, weil du nicht von hier bist …«

»Aber lange genug da. – Du hast offenbar Sorge, dass dir dein Kollege Aschenbrenner zuvorkommt.«

»Was ist jetzt mit der Obduktion?«

»Vor morgen früh gibt es kein Ergebnis – du kannst dich also entspannen.«

»Gut, dann morgen Vormittag im Museumscafé.«

»Bringst du deine Tochter mit?«

Mir wäre lieber, ich könnte sie irgendwo parken, dachte Thomas. »Schaun wir mal«, sagte er stattdessen kryptisch und legte auf.

»Was habt ihr denn den ganzen Tag gemacht?«, fragte Lisa, als sie beim Abendessen saßen. Bevor Thomas überhaupt antworten konnte, zog Paula das Y-Rohr hervor, das sie bei Kammhuber mitgenommen hatte. Thomas hatte es ihr, wie versprochen, zu Hause wiedergegeben, nachdem er es sorgfältig gewaschen hatte.

»Was ist das?« Lisa nahm Paula sofort das Teil ab, und die fing an zu zetern. Thomas drückte ihr zwar Elchi in die Hand, aber selbst der war kein Trost für das verlorene Ersatzteil.

»Ein Y-Rohr, das braucht man zum Beispiel …« Weiter kam Thomas nicht.

»Das ist völlig egal, die Frage ist doch, wo unsere Tochter das herhat!«

»Vom Installateur. Denn da waren wir heute.«

»Du wirst dich doch nicht schon um Prospekte für Bäder kümmern, nachdem wir noch nicht einmal wissen, wo wir hinziehen?«

Thomas kannte diesen süffisanten Ton gut und er mochte ihn nicht. Er ging meistens einem Gespräch voraus, das er Streit und Lisa Diskussion nannte. »Es war beruflich, ich hab dir doch davon erzählt«, sagte er nur kurz, merkte aber, dass Lisa mit ihren Gedanken ohnehin anderswo war. Sie zog ein Exposé für eine neue Wohnanlage heraus.

»Ein sehr interessantes Objekt«, sagte sie. »Wir sollten nach Sinzing fahren und uns das anschauen.«

»Ich muss noch meinen Artikel über das Biotop schreiben.« Thomas stand auf und öffnete seinen Laptop, der auf dem Wohnzimmertisch stand.

»Ich rede nicht von heute. Aber am Wochenende. Meine Eltern wollen vielleicht am Sonntag kommen.«

»Wir müssen sie doch nicht mit unserer Wohnungssuche belasten«, behauptete Thomas. »Gehen wir lieber in den Biergarten, das gefällt deinem Vater bestimmt.«

»Ich glaube, der interessiert sich brennend für unser Problem. Er hat gesagt, dass er sich einen Eindruck verschaffen möchte, bevor er investiert.«

»Bevor er investiert – in was?«

»Ist doch schön, wenn er uns Geld geben möchte, oder?«

»Aber wir dürfen hoffentlich noch selber aussuchen, wo wir wohnen wollen!«

»Wir suchen schon eine ganze Weile, aber wir entscheiden nichts.«

»Weil wir noch nicht das Richtige gefunden haben!«, argumentierte Thomas.

Lisa setzte sich zu ihm und sah ihn direkt an. »Du willst doch gar nicht von hier weg, oder?«

»Also, wenn es ein schönes Häuserl hier in Stadtamhof gäbe …«

»Selbst wenn, das könnten vermutlich selbst meine Eltern nicht bezahlen.«

»Ich sollte wieder Lotto spielen«, murmelte Thomas.

Lisa lächelte. »Du bist und bleibst ein Träumer.«

»Das hat dir mal an mir gefallen.«

»Es gefällt mir immer noch. Trotzdem möchte ich gern eine größere Wohnung oder ein Haus.«

»Wir haben es doch schön hier«, wagte Thomas einen letzten Versuch.

»Sicher«, spottete Lisa. »Du sitzt mit deiner Arbeit im Wohnzimmer, ich kann mich derweil in die Küche stellen oder ins Bett gehen.«

»Nimm dir doch ein gutes Buch und setz dich zu mir.«

Lisa legte ihm wortlos das Exposé auf seine Biotop-Notizen. »Ich bringe Paula ins Bett, dann räume ich den Tisch ab und mache die Küche«, sagte sie nur. Thomas war jede Lust auf Biotope vergangen.

5. Kapitel

»Wo hast du deine kleine Tochter gelassen?«, fragte Jana Meyerbeer, und es klang ein wenig enttäuscht.

»Paula ist bei der Oma«, sagte Thomas und setzte sich.

Schön war es hier zwischen Museum und Minoritenkirche, die ja zum Museum gehörte. Viel Grün, viel Ruhe, eine Insel der eigenen Art. Jana Meyerbeer hatte einen Tisch gewählt, der ein bisschen abseits von den anderen stand. Die Bedienung kam gerade und brachte ihr Kaffee und Wasser.

»Ich nehme dasselbe«, sagte Thomas der Einfachheit halber, weil er nicht lange überlegen wollte.

Jana Meyerbeer musterte ihn eingehend. »Du hast dich gar nicht verändert, seit wir uns das letzte Mal gesehen haben. Und das ist schon einige Zeit her.«

Thomas überlegte, ob das ein Kompliment war. Wenn er nicht älter aussah, gut. Aber vielleicht hätte er sich verändern sollen, reifer werden oder wenigstens so wirken. Wie hatte die Kommissarin es gemeint? Sie sah ihn offen an und lächelte, offenbar hegte sie keinerlei Hintergedanken.

»Fährst du noch Rennrad?«, fragte er sie völlig unvermittelt.

Sie nickte. »Und du? Noch manchmal in Helmering?«

Er schüttelte den Kopf. »Kaum. Die Mutter wohnt ja in der Stadt.«

Jana Meyerbeer lächelte. »Ich komme öfter durch den Ort auf meinen Touren. Unser erster gemeinsamer Kriminalfall.«

»Dein Fall. Ich war bloß der Schreiber.«

»Nicht so bescheiden, Thomas. Steht dir nicht. Glaub ich dir auch nicht.«

»Meinst du, wir haben jetzt einen neuen Fall?« Thomas wechselte in die Gegenwart. Geschickt gemacht, dachte er. Doch die

Kommissarin durchschaute ihn. »Dir geht's um das Obduktionsergebnis, oder? Sollen wir uns die Konversation gleich sparen?«

»Das eine schließt doch das andere nicht aus.«

»Liegt noch nicht vor.«

»Geht ihr von einem Verbrechen aus?«

»Bei der Vergangenheit des Toten sollten wir das wenigstens in Betracht ziehen.« Thomas sah Jana Meyerbeer verblüfft an. Sie lachte amüsiert. »Ich dachte, du hast mit der Witwe gesprochen. Sie hat dir offenbar nicht alles erzählt.«

»Er hat ein paar Semester Archäologie studiert, arbeitete als Taxifahrer …«

»… und ist einmal ganz knapp an einer Verurteilung vorbeigeschrammt.«

Das war es also, was Kammhuber gemeint hatte. Er war noch nicht dazu gekommen, Sandra Rossbach anzurufen und nachzufragen. Jetzt hatte ihn die Kommissarin in seiner Ahnungslosigkeit erwischt.

»Ich bin auch schon mit dem Gesetz in Konflikt gekommen«, sagte Thomas in der Hoffnung, dass Jana Meyerbeer nun ein wenig konkreter werden würde.

Wieder lächelte sie spöttisch. »Sag doch einfach, dass du nicht weißt, wovon ich rede, Thomas. Dann erzähle ich dir, was ich glaube verantworten zu können – und du hast auf jeden Fall mehr Stoff als jetzt.«

»Also gut, was hat er angestellt?«

»Er war offenbar Mitglied einer Bande, die Crystal Meth in Regensburg vertickt hat.« Thomas verschüttete vor lauter Überraschung seinen Kaffee, den die Bedienung gerade erst gebracht hatte. Die Kommissarin lachte. »Ja, das erzählt Frau Rossbach nicht so gern.«

»War er nun Dealer oder war er's nicht?«

»Seine zwei Kumpel sind damals verurteilt worden, nur ihm konnte man aus irgendeinem Grund nichts nachweisen. Aber ich bin mir ganz sicher, dass er dabei war.«

»Wann war das genau?«

Jana Meyerbeer überlegte, dann zuckte sie die Schultern. »Hab ich nicht mehr im Kopf. Ist so etwa fünf Jahre her.«

»Vielleicht hat er sich damit sein Studium verdient, bevor er mit dem Taxifahren angefangen hat.«

Die Kommissarin nickte: »So erzählt das Frau Rossbach auch. Dass er ihr das damals gebeichtet hat. Die falschen Freunde, zwei oder drei Mal habe er was verkauft. Dass er ihr zuliebe aufgehört hat und ein besserer Mensch werden wollte.«

Thomas seufzte: »Alle werden bessere Menschen, wenn sie heiraten. Nur bei mir hat das nicht funktioniert.«

»Tröste dich, bei mir auch nicht.«

Jana Meyerbeer spielte mit dem Ring an ihrem Finger. Erst jetzt fiel er Thomas auf. »Seit einem halben Jahr«, beantwortete sie seinen Blick.

»Mit dem Rechtsmediziner?«

Sie nickte.

»Glückwunsch.«

»Danke.«

Und dann schwiegen sie eine ganze Weile, sahen aneinander vorbei auf die Mauern, die Bäume, die zu Kugeln geschnittenen Buchsbäumchen, die anderen Gäste. Thomas blickte auf die Tafel mit der Tageskarte, die am Brunnen hing, und entschied, dass es für das Mittagessen noch zu früh war. Dann schaute er die Mauern der Kirche hoch, ein gotischer Bau, der ihm immer gut gefallen hatte, weniger prominent als der Dom, irgendwie schlichter. Er beobachtete Jana Meyerbeer, die nachdenklich in ihrem Kaffee rührte. Sie erinnert sich noch, wie wir uns kennengelernt haben, dachte Thomas, sie hat vorhin ja noch den Fall erwähnt. Damals, als der Fußballtrainer Schindler in seinem Heimatort umgebracht worden war. Da war er fast solo gewesen: Krise mit Lisa, getrennte Wohnungen. Für einen Moment hatte er auf eine Chance bei der Kommissarin gehofft. Aber die Bindung zu Lisa war doch stärker gewesen als die Lust auf ein neues Abenteuer. Und außerdem gab es damals schon diesen André, den Herrn Doktor, der am Tatort auftauchte und alles besser wusste. Aber auch wenn aus Jana und ihm nichts geworden war, sie mochten sich, anders als es sonst zwischen Journalisten und Polizisten oft der Fall war: Du sagst mir keinen Blödsinn, und ich schreib keinen Blödsinn. Und wenn ich was hör, ruf ich dich an. So hatte Thomas einmal ihre Zusammenarbeit beschrieben. Jana Meyerbeer hatte damals lachend kommentiert: Das hast du wieder wunderbar formuliert, da geht einem wirklich das Herz auf.

Thomas kehrte aus seinen Erinnerungen in die Gegenwart zurück. »Kannst du mir die Namen seiner Kumpane nennen?«

»Mit denen würde ich gerne selbst sprechen, bevor du es tust.«

»Klar, aber trotzdem …«

»Schau doch mal in eurem Archiv nach. Da findest du bestimmt was über die Geschichte. Einer ist in den Bau gewandert, dann war er kurz raus, jetzt ist er wieder drin. Der andere kam mit einer Bewährungsstrafe davon. Und dann der Freispruch mangels Beweisen für Özdag.«

»Du meinst, sein Tod hat mit den alten Kameraden zu tun?«

Die Kommissarin zuckte die Schultern. »Vielleicht hat er sich wieder aufs Dealen eingelassen, bringt ja auch mehr Geld als Taxifahren. Oder er hat sich nicht eingelassen, und sie wollten ihn unter Druck setzen. Was weiß ich.«

»Hat euch die Witwe sonst nichts über ihn erzählen können?«

»Was fragst du mich?«, gab sie heraus. »Du hast doch selber mit ihr gesprochen.«

»Bei mir wollte sie vor allem loswerden, dass ihr Mann sicher Opfer eines Verbrechens geworden sei.«

Jana Meyerbeer nickte. »Hat sie uns auch mehrmals gesagt. Mein Kollege war bei der Befragung leider nicht besonders sensibel und hat gleich die Crystal-Geschichte ausgepackt, so dass sie nicht mehr sehr zugänglich für weitere Fragen war.«

»Ein rechter Wadlbeißer.«

»Jung, motiviert … so was eben.«

»Wann hast du das Obduktionsergebnis?«

»Ich helfe dir nur, wenn du mir sagst, was du bei deinen Recherchen herausfindest.«

»Ich war bei Ludwig Kammhuber in Keilberg. Aber da wart ihr ja auch schon. Und mehr habe ich noch nicht.«

Jana Meyerbeer lachte. »Frau Rossbach hat dich also auch auf diese Spur gesetzt.«

»Er behauptet, ein Alibi zu haben für die Zeit, in der Karim Özdag ums Leben gekommen ist.«

Die Kommissarin nickte. »Wir haben die Eheleute dazu befragt, und die Aussagen stimmen überein. Sie haben an dem Tag einen Ausflug mit einem Donauschiff gemacht.«

»Ausgerechnet«, entfuhr es Thomas.

»Ja, das dauerte fast den ganzen Nachmittag, anschließend sind sie noch schön essen gegangen und erst spät abends heimgekommen. Dafür gibt es sicher eine Menge Zeugen. Aber wir haben zurzeit keine Veranlassung, dem genauer nachzugehen. Und Frau Kammhuber schwört Stein und Bein, dass er das Haus nachher nicht mehr verlassen hat.«

Thomas überlegte. »Wie genau könnt ihr denn bei Karim Özdag den Todeszeitpunkt bestimmen?«

»Du weißt doch selbst, wie schwer das ist, wenn jemand im Wasser gelegen hat. Aber auf den Tag können wir uns schon festlegen. Und was das Wichtigste ist: Ich wüsste nicht, welches Motiv Kammhuber gehabt haben sollte, Karim Özdag umzubringen. Du vielleicht?« Die Kommissarin sah Thomas forschend an.

»Nein«, gestand Thomas. »Aber ich suche gerade danach.«

»Wenn du es findest, sag mir Bescheid«, lächelte Jana Meyerbeer und stand auf. »Ich muss zurück an den Schreibtisch.«

Thomas zögerte, als er aus dem Museumscafé kam und im Vorraum stand. Eigentlich hatte er jetzt eine neue Spur – die Crystal-Meth-Bande. Aber andererseits war er nun schon mal im Museum. Warum also nicht das ansehen, was von den Kelten und Römern rund um Regensburg geblieben war, was die Sondengänger suchten und manchmal auch fanden? Sich einfach mal einen Eindruck davon verschaffen, was die Leute da ausgruben, wenn sie denn fündig wurden. Er führte sich die Mappe vor Augen, die er in Kammhubers Laden gesehen hatte. Auf den ersten und auch auf den zweiten Blick hatte er nicht erkennen können, aus welcher Zeit die abgebildeten Schmuckstücke und Werkzeuge waren. Vielleicht könnte er hier etwas mehr Klarheit gewinnen.

Er gab sich einen Ruck und ging an die Kasse, zahlte fünf Euro und betrat das Museum. Ich fange mit der Zeit vor den Römern an, dachte er. Schließlich sind Kelten und andere Volksgruppen vorher da gewesen, und das, was ich bei Kammhuber gesehen habe, das hat ganz anders ausgesehen als die wenigen Bilder damals im Lateinbuch: römische Münzen, Gefäße und Figuren. Er durchquerte rasch die Räume, in denen die Römerfunde ausgestellt waren, und wandte sich den Vitrinen zu, in denen die früheren Funde der Region dokumentiert waren.

Vieles schien ihm nicht besonders spannend, die erklärenden Tafeln an der Wand fotografierte er mit seinem Handy für den Fall, dass er sich noch mehr über diese Zeit informieren musste. Doch plötzlich stutzte er. »Reiches Frauengrab« stand da. Ein Fund aus dem Jahre 1983 in Alteglofsheim. Die Stücke waren wirklich faszinierend. Lisa wäre begeistert. Eine Halskette und Armringe schöner als das, was er auf dem Mittelaltermarkt erstanden hatte. Nun ja, die Gewandnadeln brauchte man heute nicht mehr so oft, aber auch sie gefielen ihm.

Er holte sein Handy heraus und verglich das, was hier ausgestellt war, mit der Aufnahme, die er bei Kammhuber gemacht hatte. Ja, da gab es schon Ähnlichkeiten. Offenbar interessierte sich der Installateur mehr für die Zeit vor den Römern. Doch nichts hier sah genauso aus wie die Abbildungen in dessen Ordner.

Neugierig ging er weiter, auf der Suche nach schönem Schmuck. Da – ein weiterer Fund aus einem Frauengrab, mindestens genauso interessant. Wie hatten die damals nur das Material bearbeitet, wie mühsam musste das gewesen sein! Thomas entdeckte einen Gürtel, bei dem vom mittleren Teil nur noch Bruchstücke vorhanden waren. Diese waren aber sorgfältig in die Leere zwischen zwei seitliche Teile gelegt worden, es sah aus wie ein unvollkommenes Puzzle.

Thomas betrachtete noch die zum Teil sehr kunstvoll verzierten Gefäße, aber wer mit einem Metalldetektor unterwegs war, der suchte sicherlich nicht nach Vasen und Scherben, sondern nach Schmuck und Waffen.

Angenehm hier, dachte Thomas, so ruhig und so entspannend. Er sah sich anschließend noch einige Römerfunde an, aber er war sicher, dass er mit seiner Einschätzung richtiglag. Die Abbildungen in Kammhubers Ordner zeigte einen Fund aus der Bronze- oder Eisenzeit. Stolz, seine Aufgabe erledigt zu haben, schlenderte Thomas noch durch den Kreuzgang, der Museum und Minoritenkirche verband, und sah hinaus in den Garten, in dem er vorhin noch mit Jana Meyerbeer gesessen hatte. Zeugen einer längst vergangenen Zeit und aktuelles Leben, so nah beieinander. Ein Blick auf seine Uhr bestätigte ihm, dass er rasch in das Hier und Jetzt zurückkehren sollte.

Die Mutter sah ihn vorwurfsvoll an, denn es war nun doch später geworden.

»Komm, ich lad dich noch zum Essen ein«, schlug er zur Entschuldigung vor.

»Deine Tochter schläft gerade, wir können jetzt nicht weggehen.«

»Hast du noch was vorgehabt, hab ich dich aufgehalten?«

Therese Reitinger antwortete nicht. Thomas zog sein Handy heraus. »Soll ich uns was bestellen? Was magst?«

»Danke, aber ich esse heute Abend warm, wenn ich mit meinem Thai Chi-Kurs ausgehe.«

Thomas war erstaunt. Wieder ein neues Hobby. »Was kann ich sonst machen, dass du mir verzeihst?«

»Fahr mit mir nach Helmering, ich möchte mal wieder aufs Grab von deinem Vater.«

Das hatte ihm gerade noch gefehlt. Ein Tag in der alten Heimat, dafür hatte er jetzt überhaupt keine Zeit. Er wollte im Zeitungsarchiv nachsehen, was er über Karim Özdag fand und dann noch einmal mit Sandra Rossbach sprechen. Eigentlich war er ziemlich sauer auf sie. Ihren Mann hatte sie als Opfer eines grausamen Kompagnons dargestellt, seine Kontakte zur Drogenszene aber wohlweislich verschwiegen.

»Gern«, log er. »Aber morgen passt es mir gar nicht.«

»Macht nichts. Muss ja nicht gleich sein. Hauptsache, du vergisst es nicht wieder.«

6. Kapitel

Schon am Morgen rief Thomas in der Redaktion an, während Paula ihre Puppe malträtierte. Er wusste, dass die Kollegin Andrea früh am Schreibtisch saß und alle anderen nicht. Und er wollte gerne, dass das, was er mit ihr zu besprechen hatte, nicht zu Aschenbrenner oder Bobby Friedrich durchdrang. Endlich hatte er wenigstens mal eine Chance auf eine richtig gute Geschichte – er musste schnell handeln, bevor ihm jemand zuvorkam. Wenn Karim Özdag wirklich ermordet worden war, dann würde Kollege Aschenbrenner sich die Story krallen. Bis die Kripo den Obduktionsbericht bekanntgeben würde, musste er schon alles wissen, was man nur wissen konnte.

»So früh am Tag, das kannst nur du sein«, begrüßte Andrea ihn am Telefon. »Schöner Artikel über das Biotop in Schwabelweis.«

»Wenn ich hier Praktikant wäre, würde ich mich jetzt freuen.«

»Sie kommen schon wieder, die größeren Geschichten«, tröstete ihn die Kollegin.

»Ja, ab September«, antwortete Thomas und spürte die Erleichterung, dass er bald wieder freier über seine Zeit verfügen würde. Gleich holte ihn sein schlechtes Gewissen ein, und er strubbelte seinem kleinen Mädchen mit der freien Hand durchs dünne, leicht gelockte Kinderhaar. Sie sah zu ihm hoch und strahlte. »Papa.« War das nicht viel mehr wert als jede gute Geschichte?

»Noch mal zum Biotop«, holte die Kollegin ihn in die Arbeitswelt zurück. »Du weißt doch, dass es eine Kunst ist, aus einem kleinen Ereignis auch einen guten Artikel zu machen.«

»Die Kunst, auf einer Glatze Locken zu drehen«, zitierte Reitinger einen Spruch, den ihm mal der Kollege Leisner von der Kultur gesagt hatte, und strich noch einmal über Paulas Haar, das lange gebraucht hatte, bis es ein wenig voller geworden war.

»Das ist von Karl Kraus und gilt nur fürs Feuilleton.« Ja, auch die Kollegin zeigte gern, dass sie mehr Bildung hatte, als man im Lokalen normalerweise umsetzen konnte. »Und jetzt sag mir, was ich für dich tun kann.«

»Woher weißt du ...«

»Stell dich nicht an, Thomas«, unterbrach sie ihn. »Du willst mich sprechen, sonst würdest nicht so früh anrufen. Die anderen sollen nicht mithören – also ist es irgendwas ganz Geheimnisvolles.«

»Ich würde gerne wissen, was unser Archiv über Karim Özdag hergibt.«

Andrea stutzte kurz. »Wer soll das sein?«

»Das ist der Mann, den sie vor ein paar Tagen tot aus der Donau gezogen haben.«

»Aber das war doch ein Unfall, oder?«

»Vielleicht, vielleicht auch nicht. Erzähl es bitte nicht dem Aschenbrenner, aber der Mann ist mal verdächtigt worden, mit Crystal Meth gedealt zu haben.«

Andrea pfiff leise durch die Zähne. »Ja, wenn das der Herr Aschgeier schon gewusst hätte, als er die kleine Meldung über den Toten in der Donau geschrieben hat ...«

»Dann würde er der Witwe die Bude einrennen und vermutlich die wildesten Spekulationen anstellen. Immer nahe am Rufmord.«

»Ist denn schon klar, ob die Dealerei etwas mit seinem Tod zu tun hat?«

»Ich weiß es nicht, Andrea. Aber ich hoffe einfach mal auf eine Geschichte jenseits aller Biotope in Regensburg.«

»Kriegst du das denn hin mit Paula?«

»Ja, das passt schon.«

»Gut, ich schau nach. Sonst noch was?«

»Ich würde gerne wissen, ob wir irgendwann mal was über Schatzsucher gemacht haben. Weißt schon, die mit ihren Sonden durch die Wälder gehen.«

»Wenn *du* dich nicht dran erinnern kannst …«

»Ich lese auch nicht immer die ganze Zeitung und manchmal fahre ich auch in Urlaub.«

»Also gut, Sondengänger. War's das?«

»Reicht doch auch, oder?«

»Ich mach's am besten gleich«, kündigte Andrea an. »Bevor die anderen kommen und hier wieder die Gockel das Sagen haben.«

»Hast was gut bei mir, Andrea.«

Die Kollegin lachte. »Ich führe eine Strichliste, Thomas. Und das ist jetzt das fünfte Mal, dass ich was guthabe. Allein in diesem Jahr.«

»Ist vom letzten auch noch was übrig?«, fragte Thomas mit schlechtem Gewissen.

»Den Zettel hab ich irgendwann entsorgt.«

Thomas windelte die kleine Paula und erzählte ihr, was sie alles vorhätten. Zwischendurch kitzelte er sie, zog Grimassen und entfaltete all die Unterhaltungskünste, die er sich früher nie zugetraut hätte.

»Eigentlich hab ich eine ganz schöne Wut auf diese Sandra Rossbach«, erklärte er seiner Tochter. »Schildert mir ihren Mann als Heiligen, und derweil ist er ein Drogenkurier, der Hundling.«

»Wauwau«, antwortete Paula auf das Wort Hundling.

»Ja, genau, ein ganz ein raffinierter Wauwau war das. Und deswegen fahren wir jetzt hin und sagen ihr das ins Gesicht.«

Prompt fasste Paula ihm ins Gesicht und packte ihn wieder fest an den Wangen. Ihr neues Lieblingsspiel.

»Au«, rief Thomas. »Loslassen! Sonst hab ich bald Hängebacken, in denen ich eine ganze Brotzeit lagern kann.«

»Otzeit, Hunger«, antwortete Paula prompt, und Thomas seufzte. Eine Breze musste her, und dann aber los nach Lappersdorf.

Er würde doch noch fit werden, wenn er weiterhin alle seine Recherchen mit dem Radl erledigte. Er fuhr nach Reinhausen, dann erst ein Stück den schönen Regen-Radweg entlang und beschloss, Lisa demnächst zu einer längeren Radtour am Fluss zu bewegen.

Hoffentlich wohnte Sandra Rossbach nicht irgendwo am Hohen Sand, dachte er. Da hatte er mal jemanden besucht, steil bergauf war es gegangen. Die Erinnerungen an den Weg waren noch recht lebendig, und er wusste nicht, ob er mit diesem Fahrrad und der kleinen Paula auf dem Kindersitz dort hinaufkommen würde. Er hielt an, holte seine Notizen heraus und schaute nach. Römerstraße. Glück gehabt. Das war nach der Autobahnunterführung nicht mehr weit. Außerdem passte es gut zu einem Menschen, der rund um Regensburg nach alten Schätzen suchte, in der Römerstraße zu wohnen. Irgendeine römische Scherbe lag schließlich überall. Obwohl: Eine Keltenstraße gab es hier auch, und das wäre vielleicht noch passender gewesen.

Thomas hob seine Tochter aus dem Sitz, sperrte das Rad ab, Helme runter und klingeln. Zunächst hörte er die Stimme eines Kindes.

Richtig, Sandra Rossbach hatte ja einen Jungen, der nur wenig älter war als Paula. Der offenbar auch noch nicht in die Krippe ging. Hoffentlich vertrugen sich die beiden, sonst wurde die Unterhaltung kompliziert. Sie würde ohnehin nicht einfach, denn nun spürte er wieder seinen Ärger darüber aufsteigen, dass sie ihn mit Halbwahrheiten auf die Spur gesetzt hatte.

»Hallo, Herr Reitinger, hallo Paula«, begrüßte Sandra Rossbach sie und öffnete die Tür weit, um die beiden reinzulassen. »Das ist Jonas, unser Sohn.« Sie trug eine schwarze Jeans und ein schwarzes T-Shirt, ihr Gesicht sah verweint aus. »Dass Sie ausgerechnet jetzt kommen …«

»Weil ich was erfahren habe«, knurrte Thomas, und es sollte recht verärgert klingen. Dabei war er bereits voller Mitgefühl, als er gesehen hatte, wie sehr Sandra Rossbach litt.

»Ich auch«, antwortete die Frau und wischte sich über die Augen. »Die Polizei war gerade da. Ich hatte Recht. Es war Mord.«

Thomas schluckte und musste sich setzen, bevor sie ihn überhaupt dazu aufgefordert hatte.

Die beiden Kinder musterten sich inzwischen, von den Erwachsenen wenig beachtet. Sie traten in ihrer eigenen Sprache miteinander in Kontakt und ließen sich dann friedlich auf dem Boden nieder, um mit Bagger und Feuerwehrauto zu spielen. Paula setzte ihren Elchi auf einen Wagen, und Jonas schien das sehr gut zu finden.

»Was genau hat die Polizei denn gesagt?«

»Er hat Verletzungen, die auf einen Kampf hindeuten. Schwer zu erkennen. Anscheinend hat ihn der Mörder ins Wasser geworfen, als er bewusstlos war.«

Einen Moment schwiegen sie, hörten dem Ticken der Uhr zu, dem Gebrabbel der Kinder, die über den Teppichboden im Wohnzimmer krochen.

»Sie denken immer noch, es sei Kammhuber gewesen?«

»Mir fällt sonst niemand ein. Mein Mann hatte keine Feinde.«

»Auch nicht aus seiner Vergangenheit als Drogenkurier?«, fragte Thomas direkt.

Die Frau zuckte zusammen. »Das konnten sie ihm nie nachweisen. Er ist freigesprochen worden.«

»Aber es ist doch was dran, oder?«

Sie wich seinem Blick aus. Thomas sah sich provozierend in der Wohnung um. »Ich wusste gar nicht, dass Taxifahrer heutzutage noch so gut verdienen.«

»Ich habe großzügige Eltern«, hielt sie dagegen.

Thomas setzte noch einmal nach. »Wenn Sie wollen, dass ich recherchiere, wie Ihr Mann ums Leben gekommen ist, dann müssen Sie schon ehrlich mit mir reden.«

»Sie müssen nichts mehr unternehmen. Das macht ja jetzt die Polizei«, antwortete sie ihm.

Thomas sah zu seiner Tochter, die gerade große Mühe hatte, ihren Elchi wiederzubekommen. Jonas wollte ihn sich unter den Nagel reißen. Thomas hatte gute Lust, einfach abzuhauen. Frau Rossbach hatte ihn auf die Geschichte angesetzt, weil die Polizei ihr nicht glaubte. Dabei hatte sie ihm nicht einmal die ganze Wahrheit erzählt. Und jetzt wollte sie ihn loswerden, weil ja nun die Kripo ermittelte.

Er musste sich sehr beherrschen, um nicht einen ganz effektvollen Abgang hinzulegen. Aber dann wäre die Geschichte weg. Tief durchatmen, bis zehn zählen. Dann weiterfragen. »Warum haben Sie mir das nicht erzählt mit dem Crystal Meth?«

»Weil ich dachte, Sie würden dann genauso darauf herumreiten wie die Polizei. Ja, Karim hat mal einen Fehler gemacht. Aber jetzt ist er tot, und den Beamten ist nichts anderes eingefallen, als ständig nachzufragen, wie lange er damals gedealt hat, wie tief er in der Szene drinsteckte, wie viele Kunden er hatte … Ich weiß das doch alles gar nicht so genau! Als ich ihn kennenlernte, war er damit schon durch. Er hat es mir gestanden, und das war's dann für mich.«

»Haben Sie mich denn bewusst auf Ludwig Kammhuber angesetzt, um von der Crystal Meth-Geschichte abzulenken?«

»Unsinn, die Sache ist doch fünf Jahre her! Da war nie wieder was, Karim hatte keinen Kontakt mehr zu den Leuten. Aber das mit der Schatzsuche, das war in den letzten eineinhalb

Jahren sehr, sehr wichtig für ihn. Und dann, ganz plötzlich, wollte er nicht mehr. Schon gar nicht mit Ludwig Kammhuber. Da war ein Bruch, da bin ich mir ganz sicher.«

»Die Polizei sagt, Kammhuber habe ein Alibi.«

Sandra Rossbach lachte bitter. »Ja, von seiner Frau.«

»Das stimmt nicht ganz. Die beiden haben einen Ausflug gemacht, und es gibt offenbar einige Zeugen, die sich an das Ehepaar erinnern können.«

Sandra Rossbach überlegte einen Moment, dann sah sie Thomas misstrauisch an. »Woher wissen Sie eigentlich von der Drogen-Geschichte?«

»Aus der Zeitung«, behauptete Thomas, der seine guten Kontakte zur Kripo nicht offenlegen wollte. »Wir haben ein gutes Archiv.«

»Ich kenne den Artikel von damals. Karim hat ihn mir mal gezeigt. Da standen nur die Vornamen.«

Thomas fühlte sich in die Enge getrieben. »Karim heißt nicht jeder«, sagte er, wich aber ihrem Blick aus. Er war ein so verdammt schlechter Lügner.

»Wenn Sie wollen, dass ich Ihnen alles sage, dann müssen Sie schon auch ehrlich mit mir sein«, konterte Sandra Rossbach mit seiner eigenen Ermahnung.

Thomas sah auf die Uhr, als er Paula vor dem Haus in den Kindersitz verfrachtet hatte. Es war bereits kurz nach zwölf Uhr. »Wir zwei gehen jetzt essen – und dann schreibt der Papa eine Geschichte für die Zeitung, gell?«

Thomas fuhr zurück nach Stadtamhof und setzte sich mit Paula in die Pizzeria. Er bestellte eine Portion Nudeln ohne alles, die er sich mit Paula teilen wollte. Pesto extra dazu für ihn. Ein alkoholfreies Bier. Ein paar Gurkenscheiben für Paula. Und eine Papierserviette zum Zerrupfen für sofort. Der Kellner nickte und brachte Gurken und Serviette innerhalb von zwei Minuten. Paula war erst mal versorgt.

Während seine Tochter in ihrem Kinderstühlchen saß, Gurken kaute und die Serviette zerlegte, rief Thomas Jana Meyerbeer an. »Ist es wahr, dass die Todesursache feststeht und Karim Özdag umgebracht worden ist?«

»Hat dir das die Witwe erzählt?«

»Ich war gerade bei ihr und wollte mit ihr über die Drogenvergangenheit ihres Mannes reden.«

»Da mauert sie ja total.«

»Jana, wenn du mir noch ein paar Infos gibst, dann habe ich eine richtig gute Geschichte für die morgige Ausgabe.«

Die Kommissarin lachte. »Ich wollte eigentlich gerade Mittagspause machen.«

»Dann komm doch her und iss mit uns. Paula freut sich bestimmt.«

Während er auf Jana Meyerbeer wartete und Paula die Nudeln im Teller rührte, schaute er auf seinem Smartphone, ob Andrea schon etwas geschickt hatte. Drei Artikel über die Crystal-Meth-Bande, die vor knapp fünf Jahren geschnappt worden war. Abgekürzte Namen, drei Gesichter mit Balken. Ein Karim Ö. wurde erwähnt. Auch dass ihm nichts nachgewiesen werden konnte.

»Sorry, mehr finde ich auf die Schnelle nicht. Zu den Schatzsuchern komme ich erst später«, schrieb die Kollegin.

»Kannst du mir die vollen Namen von den anderen aus der Crystal-Bande geben?«, fragte Thomas, als Jana Meyerbeer zu ihnen an den Tisch trat.

»Was für eine liebenswürdige Begrüßung«, spottete sie.

»Allo«, sagte Paula und stopfte sich zwei Penne in den Mund.

»Deine Tochter hat bessere Manieren als du«, sagte sie und setzte sich neben Paula.

»Entschuldige, aber ich hab da gerade von der Kollegin ein paar Infos bekommen, die sind doch recht dürftig.«

»Darf ich mir erst etwas zu essen aussuchen?«

»Gut, dann rufe ich den Chef an und sichere mir die Geschichte.«

Der Chef war sehr erfreut, als Thomas ihm ankündigte, dass der vermutete Selbstmord vor ein paar Tagen ein Mord war und er mit ein paar guten Details aufwarten konnte.

»Wann bekomme ich Ihre hundert Zeilen, Reitinger?«

»In drei Stunden«, versprach Thomas und bemerkte den überraschten Blick von Jana Meyerbeer. Nachdem er aufgelegt hatte, sah sie ihn skeptisch an.

»Es wird ein schnelles Mittagessen, oder?«

»Entschuldige, ich mag mir einfach nicht die Butter vom Brot nehmen lassen.«

Sie lachte. »Und das sagt einer, der seine Nudeln ohne alles isst.«

»Das ist nicht mein Geschmack, sondern der von Paula.«

Jana Meyerbeer sah ihn erstaunt an. »Deine Tochter tunkt ihre Penne erst in Pesto.«

Thomas sah verblüfft hin. Es stimmte. Paula hatte innerhalb kurzer Zeit ihren Nudelgeschmack deutlich geändert.

Jana Meyerbeer gab ihm Details zu den Verletzungen von Karim Özdag, die später auch in der Pressemitteilung stehen würden. Thomas schrieb mit.

»Kannst du mir jetzt sagen, wie die Crystal-Typen heißen?«

Die Kommissarin schwieg.

»Ist dir unsere Freundschaft so wenig wert?«

Jana Meyerbeer lachte. »Bis vor zwei Tagen wusste ich gar nicht, dass wir befreundet sind. Aber vielleicht erinnerst du dich auch mal daran, wenn du eine Information für mich hast.«

Therese Reitinger war wenig begeistert, als ihr Sohn mit Paula vor der Tür stand. »Ich wollte gerade spazieren gehen«, sagte sie.

»Dann nimm die Paula doch mit, ich brauch bloß ein bis zwei Stunden Ruhe zum Schreiben.«

»Du hast es doch sonst nicht so dringend mit der Arbeit.«

»Bitte, bloß heute!«

Paula streckte ihre Arme aus. »Oma«, sagte sie. Und konnte damit Therese Reitingers Herz erweichen. Ihrem Sohn wäre das so nicht gelungen.

Thomas schrieb über das Auffinden der Leiche und die ersten Mutmaßungen, es könnte sich um einen Unfall oder um Selbstmord gehandelt haben. Über die Sicherheit der Witwe, dass ihr Mann ermordet worden sei. Von dem überraschenden Ergebnis der Obduktion. Von Karim Özdags möglichen Verbindungen zur Crystal-Meth-Szene vor einigen Jahren. Dass ihm damals keine Straftat nachgewiesen werden konnte.

Thomas hatte noch dreißig Zeilen offen. Platz für Spekulationen. Hatte der Taxifahrer einen Anruf von den alten Freunden erhalten? Sollte er Drogen aus Tschechien holen, als Kurier fungieren, wollte er leichtes Geld verdienen und war er damit jemandem in die Quere gekommen? Oder hatte er ein entsprechendes Angebot ausgeschlagen, es war darüber zum Streit gekommen, der tödlich endete? War vielleicht noch eine alte Rechnung von damals offen?

Er überlegte, ob er über die Schatzsuche schreiben sollte, über die Verbindung zu Ludwig Kammhuber. Aber der hatte ein Alibi, und ihn einfach so in der Zeitung zu nennen, wenn auch nicht seinen vollen Namen, ohne irgendeinen konkreten Anhaltspunkt, das wollte Thomas nicht. Das waren Aschenbrenners Methoden, nicht seine.

Er hatte den Artikel gerade losgeschickt, als es klingelte. »So, da sind wir wieder«, sagte Therese Reitinger. Paula wirkte sehr zufrieden. Thomas betrachtete sie genauer. Das Gesicht war sauber abgewischt, aber an dem Pullover entdeckte er kleine Spuren einer dunklen klebrigen Masse. Er tupfte hin. »Oko!«, sagte Paula und strahlte. Thomas sah seine Mutter strafend an.

»Wenn ich auf sie aufpasse, dann mache ich das, wie ich das für richtig halte«, verteidigte sie sich. »Du darfst es aber gerne besser machen, gell?«

»Opa!«, rief Paula dann, lief zum Fenster, wollte hochgehoben werden und winkte bereits jetzt.

Thomas sah irritiert zu seiner Mutter. »Welcher Opa?«

»Herrschaft, der Roland war halt dabei beim Spaziergang!«

Thomas grinste: »Du und deine Verehrer.«

»Jetzt werde nicht kindisch!«, grantelte die alte Reitingerin und ging zur Tür. »Dankeschön könntest noch sagen!«

»Danke, Mutter!«

»Super Artikel!«, schrieb ihm seine Kollegin Andrea. »Aschenbrenner schäumt, weil er gerade bei der Kripo anrufen wollte, ob sie das Obduktionsergebnis haben. Da liegt dein Artikel schon auf dem Tisch.«

»Du Arme musst jetzt seine Laune aushalten.«

»Das krieg ich hin.« Ihre Stimme wurde leiser. »Ist dir eigentlich aufgefallen, dass der Artikel über die Gerichtsverhandlung damals auch vom Aschenbrenner war?«

Thomas stutzte. »Ich habe nicht auf das Kürzel geschaut. Aber das heißt doch, dass ihm die Geschichte selber durch die Lappen gegangen ist! Er hätte ja vielleicht eine Verbindung herstellen können zwischen dem Fall damals und dem Toten aus der Donau – die Polizei hat doch irgendwann den Namen des Toten bekannt gegeben, nachdem er identifiziert war, oder nicht?«

»Manchmal ist es halt doch ein Problem, wenn man einen Teil vom Gehirn schon weggesoffen hat«, antwortete die Kollegin. »Morgen früh schicke ich dir übrigens deine Infos zu den Schatzsuchern.«

Thomas überlegte, ob er am nächsten Tag in die Redaktion gehen sollte. Sich feiern lassen, zeigen, dass er dazugehörte und sein Handwerk noch beherrschte, Elternzeit hin oder her. Aschenbrenner ärgern, einfach so, durch seine Gegenwart. Dann aber würde er Paula noch einmal bei seiner Mutter lassen müssen – und nach dem Auftritt vorhin war er ziemlich sicher, dass Therese dieses Mal Nein sagen würde.

7. Kapitel

Als Lisa zur Arbeit gegangen war, nahm Thomas sich noch eine Tasse Kaffee und sah Paula dabei zu, wie sie mit den Händen in ihrem Brei patschte. Was sollte er heute machen? Welche Spur sollte er weiterverfolgen? Schatzsuche oder Crystal? Wann würde Jana mit den Crystal-Typen sprechen und was davon würde sie ihm stecken? Er hatte versprochen zu warten, bis sie ihre Befragung beendet hatte. Wie wäre es, sich einfach mal wieder mit Paula einen schönen Tag zu machen?

Sein Computer meldete mit einem Pling den Eingang einer Mail. Er öffnete die Nachricht seiner Kollegin, die ihm einen großen Artikel zum Thema Schatzsuche angehängt hatte. Er lud sich die Bilder und Artikel herunter, druckte sie aus und begann zu lesen.

Bayern sei ein Land, wo sich überall Schätze finden ließen, hieß es da. Schließlich seien hier sehr viele Völker durchgewandert und sie alle hätten ihre Spuren hinterlassen. Doch es sei nicht so einfach, diese zu finden. Noch viel schwieriger sei es zu bestimmen, wem diese gehörten und ob das Graben überhaupt rechtens sei. Zum einen gab es ja oft einen Besitzer von Wald oder Flur, wo man etwas zu finden hoffte. War der gefragt worden und einverstanden? Viele Schatzsucher sahen sich als Abenteurer in der Nachfolge von Indiana Jones und verwiesen auf die vielen Kulturgüter, die ohne ihren Einsatz nie entdeckt worden wären. Auf der anderen Seite die Archäologen und Denkmalschützer, die diese Sondengänger für Raubgräber hielten, die viel kaputt machten, die plünderten und verkauften oder auch die Funde als Souvenirs für sich selbst behielten.

Im Artikel wurde auf das Denkmalschutzgesetz verwiesen, aber auch auf Sonderregelungen in einzelnen Bundesländern. In einem Fall durfte der Sondengänger unter bestimmten Umständen behalten, was er fand, im anderen musste er es abgeben, in einem weiteren Fall hatte er sogar schon das Gesetz gebrochen, weil er überhaupt gegraben hatte. Thomas fand, dass sein Kollege Krakowski da gut recherchiert hatte, aber es waren doch verwirrend viele Details. Er hatte in dem Artikel auch einzelne Schatzsucher aus der Regensburger Gegend zu Wort kommen lassen wollen, aber nur wenige waren zu einer Auskunft bereit gewesen. Und einer von ihnen, der kam Thomas sehr bekannt vor. »Ah, da schau her«, murmelte er, »den kenn ich doch.«

Schnell bedankte er sich bei der Kollegin per Mail für die Infos, dann rief er seine Mutter an. »Heute hätte ich spontan Zeit für einen Ausflug nach Helmering. Wie schaut es bei dir aus?«

»Bub, du weißt gar nicht, was für eine Freude du mir machst.«

»Doch, ich kann's hören.«

»Ich hab schon gedacht, bis du rausfährst, lieg ich selber dort auf dem Friedhof.«

»Du wirst doch mindestens hundert Jahre alt.«

»Verschrei's nicht.«

Eine halbe Stunde später stand Thomas mit Paula auf dem Arm im Wohnzimmer seiner Mutter. Gemütlich fand er ihre kleine Wohnung im Stahlzwingerweg. Sie hatte es nicht weit in die Stadt, und doch war es recht ruhig in der Ecke. Außerdem war es genau die Gegend, in der sie früher gewohnt hatte, bevor sie den Dorfschullehrer geheiratet hatte und nach Helmering gezogen war. Dennoch hatte es ihn gewundert, wie schnell sie sich nach vielen Jahren auf dem Land wieder an die Stadt gewöhnt hatte, wie wenig sie ihren Garten und das Haus vermisste. Aber sie wirkte sehr zufrieden hier und anders als die

Schwiegereltern fiel sie ihm nicht mit klugen Ratschlägen auf die Nerven.

Thomas eröffnete ihr seine Tagesplanung: »Ich fahre dich zum Friedhof, und dann treffen wir uns im Wirtshaus zum Mittagessen.«

»Die Neubauerin hat mir am Telefon erzählt, dass es beim Hitzlkofer jetzt sehr gut läuft.«

Thomas nickte. »Der Bürgermeister tut zwar so, als wäre es seine Idee gewesen, das Wirtshaus mit Hilfe einer Aktiengesellschaft zu retten, aber eigentlich hat Lisa das eingefädelt – und du hast ihr ja so schön geholfen.«

»Ich glaube, die beste Idee war es, aus dem Nebenzimmer dieses Tagescafé zu machen. Da treffen sich jetzt die Frauen von der Gymnastikgruppe nach dem Training oder die Strickliesln …«

»Hast du das auch von der Neubauerin?«

»Einmal in der Woche ruft sie mich mindestens an«, sagte Thomas' Mutter und suchte alle Sachen für ihre Handtasche zusammen. »Sie freut sich eben immer, wenn's jemanden gibt, der die ganzen Geschichten aus Helmering noch nicht kennt.«

Therese Reitinger zog sich eine leichte Sommerjacke an, überprüfte mit einem Blick aus dem Fenster, ob es wohl regnen werde, dann kontrollierte sie den Inhalt ihrer großen Handtasche: »Kerze, Streichhölzer … Können wir noch frische Blumen beim Gärtner holen?«

»Freilich!« Thomas gab sich jovial, schließlich wollte er etwas und hatte seiner Mutter noch nicht gesagt, was es war. »Die Paula ist heute ganz besonders brav«, begann er, während Paula an einem Stück Breze lutschte. Thomas bemerkte den misstrauischen Blick seiner Mutter. Wahrscheinlich ahnte sie längst, dass er ihr für ein oder zwei Stunden das Kind überlassen wollte.

»So, jetzt raus mit der Sprache, was willst du eigentlich in Helmering«, fragte sie, als sie auf der Frankenstraße stadtauswärts fuhren. Thomas setzte ein betont unschuldiges Gesicht auf, aber Therese winkte nur ab. »Sag's mir lieber jetzt, irgendwann muss es ja doch raus.«

»Ich möchte gern den Freisleder besuchen.«

Das hätte sie nicht erraten, dachte Thomas, als er den verblüfften Blick seiner Mutter aus dem Augenwinkel bemerkte. Die Abneigung gegen Freisleder hatte sich offenbar in all der Zeit nicht gelegt.

Vor Jahren, als sie noch in Helmering gewohnt hatte, da war Freisleder Therese mit seiner devoten Verehrung unglaublich auf die Nerven gegangen. Sie mochte ihn nicht besonders, seine unterwürfige Art gefiel ihr nicht und sein etwas plumper Charme ärgerte sie nur. Durch den Umzug nach Regensburg war sie ihren Galan losgeworden. Er hatte noch ein paar Mal angerufen, auch waren sie sich hier und da zufällig über den Weg gelaufen, wenn sie zu Besuch in Helmering war – aber dann hatte er offenbar kapiert, dass er sie in Ruhe lassen sollte. Und jetzt wollte Thomas ausgerechnet zum Freisleder!

»Ich komm nicht mit«, sagte sie entschlossen.

»Du gehst derweil aufs Grab und ein bisserl spazieren, denk ich«, antwortete ihr Sohn.

»Mit der Paula, das meinst du doch?«

»Das ist eine gute Idee!« Thomas bemühte sich, es so aussehen zu lassen, als wäre ihm dieser Gedanke vollkommen neu.

»Mei, Bub, red halt gleich und nicht immer so verdruckt hintenrum.«

»Ich sag doch, was ich will!«

»Aber erst, wenn's sowieso rauskommt. Was willst denn eigentlich vom Freisleder?«

»Ich hab da eine Geschichte über Schatzsucher – und anscheinend ist der Freisleder einer von denen. Bin ich durch Zufall draufgekommen.«

»Hättest mich gefragt, das hätte ich dir auch sagen können. Damit hat er angefangen, wie der alte Pfarrer gestorben ist …«

»… umgebracht worden ist.«

»Jaja, ich kann mich schon erinnern. Auf jeden Fall hat er ein neues Hobby gebraucht, weil Helmering ja keinen neuen Pfarrer gekriegt hat und er deswegen als Mesner kaum noch was zu tun gehabt hat. Da ist er mit dem Schmarrn dahergekommen.«

»Das hat dir auch die Neubauerin erzählt.«

»Nein, das war die alte Pernthalerin.«

»Ruft die dich auch an?«

»Das nächste Mal fragst einfach deine Mutter, wenn du was über Helmering wissen willst.«

Thomas kramte während der Fahrt in seinem Rucksack, der hinter dem Fahrersitz am Boden stand.

»Schau nach vorn und konzentrier dich aufs Fahren, Bub«, mahnte ihn seine Mutter. »Wenn du es schon nicht für mich tust, dann wenigstens für die Paula.«

»Dann hol du meinen Rucksack vor, da ist ein Artikel drin und schau ihn dir an.«

»Ich kann beim Autofahren nicht lesen, da wird mir schlecht, also sag mir, was drinsteht.«

»Ein Foto vom Freisleder mit so einem Metalldetektor.«

»Was muss ich mir den Mann auf dem Foto anschauen, ich mag ihm doch in Wirklichkeit auch nicht über den Weg laufen. Und dass er das sucht, was andere verloren haben, das macht ihn mir auch nicht sympathischer.«

»Da haben manche schon die schönsten Sachen gefunden.«

»Das ist doch wie beim Glücksspiel. Die meisten kriegen nichts, und über die paar, die Glück haben, da reden dann alle.«

»Aber es ist ein etwas aufwendigeres Hobby.«

»Wenn er nicht weiß, was er sonst mit sich anfangen soll …«

Thomas grinste und versuchte einen Scherz auf Kosten der

Mutter: »Ist doch besser, wie wenn er ständig um dein Haus herumschleicht.«

»Noch ein Wort und wir kehren um.«

»Ach geh, wir sind ja gleich da.«

Thomas hielt vor dem Friedhof. Er holte den Buggy aus dem Kofferraum, klappte ihn auf, setzte Paula rein und schnallte sie ordentlich an. Kurz wirkte seine Tochter irritiert, als er sich von ihr verabschiedete und ihr versprach, dass die Oma jetzt mit ihr einen besonders schönen Ausflug in der guten Landluft machen würde. Ein leises Greinen, als Thomas wegging, aber Therese steckte ihrer Enkelin einen kleinen Schokoriegel in die Hand und schon war Ruhe. Thomas hatte das aus dem Augenwinkel noch mitbekommen, aber er reagierte nicht darauf. Die Mutter hatte gerade Oberwasser, er durfte es sich nicht mit ihr verderben.

Freisleder wohnte in einem kleinen Häuschen nahe bei der Kirche. Er lächelte, als er öffnete, aber sein Lächeln blieb verhalten. Seit Thomas vor ein paar Jahren mitgewirkt hatte, den Mord am Fußballtrainer Alois Schindler aufzuklären und dabei auch Freisleders aktive Rolle beim Transport der Leiche zutage getreten war, gingen sie vorsichtig miteinander um. Es hatte Thomas auch einiges an Überwindung gekostet, Freisleder am Vorabend anzurufen und um ein Gespräch zu bitten. Aber der war offenbar inzwischen so froh um jede Geselligkeit, dass er freudig zugesagt hatte.

»So, was willst denn wissen?«, fragte er, als er Thomas einen Platz in seiner Küche anbot, wo er gerade beim Abspülen des Frühstücksgeschirrs war.

»Es geht um dein Hobby, die Schatzsuche.«

Freisleder musterte Thomas leicht misstrauisch: »Es ist wegen dem Toten in der Donau oder? Du hast den Artikel geschrieben, der heute drin ist. Und da stand: Karim Ö. Das kann doch nur der Özdag sein.«

»Kennst du ihn?«

»Freilich kennt man sich. Es gibt Foren im Internet, wo man sich austauscht, es gibt auch Stammtische oder Treffen. Die einen sind recht offen, wenn sie erzählen, die anderen sind recht eigen.«

»War der Özdag mehr offen oder mehr eigen?« Thomas bemühte sich um eine vertrauensbildende Maßnahme, nahm das Geschirrtuch und trocknete ab. Aber Freisleder kostete es aus, etwas zu wissen, was Thomas gerne erfahren wollte, und ließ ihn erst einmal zappeln.

»Ja, ich könnte dir da schon so einiges erzählen.«

Thomas überlegte, womit er den Freisleder locken konnte. »Willst du genannt werden im Artikel oder brauchst du Informantenschutz?«

Freisleder sah ihn mit großen Augen an. »Ich bin lieber der stille Informant, weil's ja ein Mord ist – und der Mörder läuft ja noch frei herum.«

Thomas nickte und sagte die erforderliche Geheimhaltung zu.

»Wie geht's denn der Frau Mutter?« Freisleders Augen begannen zu leuchten. Die Zuneigung zu der störrischen und energischen Therese war offenbar in den letzten Jahren nicht geschwunden, obwohl sie ihn nicht erhört hatte, als sie noch in Helmering zu Hause gewesen war, und sich nie gemeldet hatte, nachdem sie gegangen war.

Thomas verschwieg, dass seine Mutter mit ihm nach Helmering gekommen war. »Gut geht's ihr und gesund ist sie auch.«

»Sagst ihr einen schönen Gruß von mir.«

»Freilich, da wird sie sich freuen«, log Thomas und kam aufs Thema zurück: »Also: Wie war der Özdag denn so?«

»Der Karim war ein recht netter Kerl. Ich hab da mal eine Art Stammtisch in Regensburg ins Leben gerufen, aber den hat's bloß zwei Mal gegeben. Die meisten tauschen sich lieber übers

Internet aus, als dass sie miteinander ein Bier trinken, glaub ich. Und der Karim war ja noch jung, der war viel online, das hat er auch erzählt, dass er da mit recht interessanten und erfahrenen Typen Kontakt hat.«

»Hat er denn erzählt, wonach sein Kumpel und er suchen?«

»Nicht direkt. Jeder erzählt was, aber wenn du nachfragst, haben alle ihre Geheimnisse.«

»Aber was bringt dann so ein Stammtisch?«

»Ich hab damals einen neuen Kollegen gesucht«, erzählte Freisleder. »Weil meiner hatte es im Kreuz und konnte den Metalldetektor nicht mehr so lange tragen. Erst hat er mich angesteckt mit seinem Hobby, dann hat er schlappgemacht, und allein wollte ich nicht losziehen. Da habe ich mir gedacht, ich setze einfach mal eine Anzeige in die Zeitung, dass wir uns alle treffen.«

»Und Karim Özdag ist gekommen.«

Sepp Freisleder nickte. »Insgesamt waren wir so zehn Leute. Alle recht nett. Jeder hat ein paar Geschichten auf Lager. Der eine erzählt von einem Gerücht vom Bernsteinzimmer oder irgendeinem anderen verschollenen Schatz, der andere weiß von einem, der statt einem Haufen Gold nur eine Menge Schrott gefunden hat. Wieder einer will seinen Metalldetektor verkaufen, weil er sich einen besseren anschafft. So halt.«

»Was hat denn Karim Özdag erzählt?«

»Dass er und sein Teamkollege sich mehr auf Bronzezeit spezialisiert haben, vielleicht noch ein bisschen Kelten, die kamen ja erst später, in der Eisenzeit. Er wusste ganz genau Bescheid von den Funden in Alteglofsheim zum Beispiel. Oder von dem Hortfund am Hochweg vor knapp hundert Jahren.«

Thomas nickte wissend. Seit er im Museum gewesen war, wusste er das alles, wenn auch nur oberflächlich.

»Ja, der Karim hatte schon Ahnung«, nickte Freisleder. »Der war ja auch ein halbstudierter Archäologe.«

»Mit einem Faible für Bronze- und Eisenzeit.«

»Ich glaube, das war eher das Faible von seinem Kompagnon. Der sei so begeistert davon und ganz sicher, dass irgendwo in der Umgebung ein Fürstengrab zu finden sei, hat mir Karim erzählt.«

»Da gibt's dann wahrscheinlich mehr zu holen als in ganz normalen Gräbern«, sagte Thomas und dachte an den schönen Schmuck, den er im Museum gesehen hatte.

»Ja, aber Karim hat gesagt, dass er sich das nicht vorstellen kann. Fürstengrab wäre wirklich ungewöhnlich, aber er schafft es nicht, seinem Kumpel das auszureden.«

»Aber wieso geht einer mit, wenn er denkt, dass da sowieso nichts zu holen ist?«

»Weißt du, manche suchen gerne und sind auch mit kleinen Funden zufrieden. Ich glaube, Karim war einer, dem das einfach Spaß gemacht hat. Die Schätze waren für ihn gar nicht so wichtig.«

Thomas erinnerte sich an die Bilder, die er in Kammhubers Werkstatt gesehen hatte. Er zog sein Handy heraus und zeigte Freisleder die Aufnahme. »Ist das denn aus der Bronzezeit?«

Freisleder sah sich die Aufnahme an. »Da sieht man aber nicht besonders viel.«

»Das sind Fotos von Spangen und Armbändern und so einer Art Hackl«, erklärte Thomas, aber Freisleder schüttelte den Kopf. »Das musst du einem Fachmann zeigen. So gut kenne ich mich auch wieder nicht aus. Wo hast du das denn her?«

»Die Abbildungen lagen bei Ludwig Kammhuber im Laden, dem Kompagnon von Karim Özdag. Kennst du den eigentlich auch?«

Freisleder nickte. »Der ist damals auch zum Stammtisch gekommen. Allerdings erst später.«

»Der redet ja recht gern, oder?« Thomas hoffte, mit dieser Vorgabe den Freisleder zum ganz großen Erzählen zu bewegen, so dass er nicht nach jedem zweiten Satz wieder einhaken musste.

Freisleder schien zu überlegen. »Ja, das hab ich erst auch gedacht. Der hat gleich viel geredet und war auch sehr amüsant, so der Typ rheinische Frohnatur. Wir anderen haben dann zugehört, wie er Witze erzählt hat und Anekdoten vom Graben, wie er sich vor einem Waldbesitzer versteckt hat, wie er mit einem selbst gemachten Ausweis von einem erfundenen Verein der *Freunde archäologischer Funde* die dummen Fragen der Spaziergänger abwehrt ...«

»Klingt wirklich amüsant«, sagte Thomas und dachte daran, dass Kammhuber ihm gegenüber zwar jovial-gesprächig gewesen war, aber in der eigentlichen Sache recht wenig gesagt hatte.

»Das Komische war nur«, meinte Freisleder nach kurzem Grübeln, »dass der Karim gar nicht mehr viel geredet hat, nachdem der Kammhuber gekommen ist. Und wenn man den darauf angesprochen hat, wo er denn zurzeit unterwegs ist, da ist er dann auch plötzlich verstummt.«

»Er ist also ein rechter Geheimniskrämer.«

»Er war wirklich freundlich und lustig mit seinen Anekdoten, aber die anderen haben nachher gesagt, ich soll ihm nicht trauen. Der kann einen so richtig einwickeln, wenn er was von einem braucht. Ansonsten sind ihm andere egal. Zum Stammtisch ist er wahrscheinlich auch nur gekommen, weil er hören wollte, was die anderen so machen.«

»Heißt das auch, dass er den Karim Özdag nur ausgenutzt hat?«

»Ich weiß es nicht«, sagte Freisleder und wischte den Tisch ab. »Einer hat gesagt, der Kammhuber sei ein ganz Fanatischer. Für den ist das wie eine Sucht. Der glaubt, dass er den großen Schatz findet. Wo der gräbt, da brauchst du ihm nicht in die Quere kommen. Aber wenn er das Gefühl hat, dass du an was dran bist, dann bist du sein Freund.«

Thomas wollte gerade weiterfragen, doch Freisleder sah zur Uhr. »Mittag ist es. Gehen wir jetzt zum Hitzlkofer?«

Thomas überlegte. Es war genau zwölf Uhr. Er hatte sich mit der Mutter um ein Uhr beim Wirt verabredet. Er konnte dem Freisleder schlecht absagen, schließlich hatte der was gut bei ihm. Andererseits war es wichtig, ein Zusammentreffen zu vermeiden. Aber in einer Stunde würde Freisleder, so wie er ihn kannte, zwei Halbe trinken und ein Essen verdrücken können – und dann würden Mutter und Verehrer geradewegs aneinander vorbeilaufen.

Thomas war schon klar, dass das auch schiefgehen konnte mit seiner Planung. Nur wusste er jetzt auch nicht recht, wie er es machen sollte. Er wollte weder den Freisleder noch seine Mutter verprellen, doch wenn er Pech hatte, dann lief es genau darauf hinaus. Deshalb redete er sich ein, dass seine Mutter im Zweifelsfall ein Treffen mit Sepp Freisleder sicherlich verkraften würde. Sie war ja schließlich eine wehrhafte Frau.

Beim Hitzlkofer gab's inzwischen unter der Woche nur eine kleine Karte. Zwei verschiedene Mittagessen und einen Imbiss, dann noch einen Salat und eine kleine Brotzeit. Außerdem hatte der Wirt für sein Café eine ganz neumodische Kaffeemaschine angeschafft, die fauchte und zischte wie die in den Stadt-Cafés. Da gab es nicht mehr den alten, abgestandenen Kaffee vom Vormittag, sondern Latte und Cappuccino, das alles mit jedem nur denkbaren Geschmack. Die Hitzlkoferin grantelte zwar immer, wenn die Leute nach so was verlangten, und konnte nicht verstehen, dass der Filterkaffee den Menschen nicht mehr gut genug war, aber die Veränderungen hatten sich für die Wirtsleute und alle, die sich an der neuen AG beteiligt hatten, gelohnt; besonders das kleine Nebenzimmer mit seinen Bistrotischchen wirkte hell und freundlich. So war nun schon am späten Vormittag und am Nachmittag was los, und es kamen nicht nur diejenigen in die Gaststube, deren Alkoholpegel gerade gesunken war oder die sich nach der Gesellschaft eines anderen Säufers sehnten, sondern auch Menschen, die Kaffee und Kuchen bevorzugten.

Thomas sah ratlos auf die kleine Karte. »Da gibt's ja fast keine Auswahl mehr!«

»Wir können nicht für zwanzig Gerichte einkaufen, wenn acht Leute essen wollen«, raunzte ihn der Hitzlkofer an. »Und manche kommen ja auch bloß einmal im Jahr.«

»Ich war erst vor ein paar Wochen da«, verteidigte sich Thomas.

»Stell dir vor, das Geld, mit dem du damals bezahlt hast, haben wir schon aufgebraucht«, gab der Hitzlkofer raus und stellte Freisleder ein Bier und Thomas eine Apfelsaftschorle hin.

»Ja, von mir allein kannst freilich nicht leben«, gab Thomas zu und sah auf die Uhr. 50 Minuten, bis die Mutter kam. Das könnte reichen.

»Deine Mutter sitzt drüben in unserem Café«, sagte Hitzlkofer, und Thomas erschrak. Wieso war sie schon da?

»Ja, dann gehen wir doch rüber!«, freute sich Freisleder, nahm sein Bier und ging schon mal voraus.

Therese Reitinger versuchte gerade, etwas Brei im Mund ihrer Enkelin unterzubringen, aber es gelang ihr nicht. Paula drehte den Kopf nach rechts und nach links, die Lippen fest aufeinandergepresst. Thomas beobachtete die Szene mit einem bangen Gefühl. Würde seine Mutter sehr heftig reagieren, wenn er jetzt mit Freisleder ankam? Aber noch war sie ganz und gar mit Paula beschäftigt.

»Nudel«, rief Paula, und ihre Oma nutzte das Öffnen des Mundes, um den Löffel reinzuschieben. Paula aber beförderte den Inhalt postwendend wieder nach draußen. Therese seufzte, wischte den Dreck weg und sah hoch.

Ihr Gesicht wurde lang, als nicht nur ihr Sohn dastand, sondern auch ihr Verehrer aus früheren Tagen. Thomas lächelte entschuldigend und hoffte, sie würde daran erkennen, dass er das nicht gewollt hatte. Freisleder lächelte so breit, dass er kaum durch den Türrahmen passte, das fiel sogar Thomas auf.

»Mei, Theres, du wirst ja jeden Tag jünger!«, rief er und breitete die Arme aus, als wollte er sie in selbige nehmen.

Therese blieb sitzen und tupfte an ihrer Enkelin herum, eher als Vorwand, um diesem Angebot zu entkommen.

»Du hast ja weniger Falten als deine Enkelin«, setzte Freisleder noch nach und übertrieb es damit ein bisschen.

Seine Mutter fand diese Bemerkung genauso unpassend wie Thomas, er sah es ihr an. Ihre Mimik verriet großes Missfallen.

»Du, gell, nichts gegen meine Paula«, raunzte Thomas.

»War ja bloß ein Spaß«, ruderte Freisleder zurück und griff sich Thereses Hand, die er zunächst schüttelte, dann aber gar nicht mehr loslassen wollte.

»Die brauch ich noch«, murmelte Therese, entzog sie ihm und zupfte dann damit das Lätzchen ihrer Enkelin zurecht, als sei dies unbedingt notwendig gewesen.

»Ihr seid aber früh da«, sagte Thomas und wollte mimisch und gestisch andeuten, dass er gehofft hatte, den Freisleder loszuwerden, bevor Therese mit Paula kam. Ihm war allerdings klar, dass seine Fähigkeiten in dieser Hinsicht kaum ausreichten, um Therese die entsprechende Information zukommen zu lassen und ihre Verzeihung zu erlangen.

»Ja, dass es in Strömen regnet, das merkt man nicht, wenn man ein Auto hat«, sagte Therese spitz und sah ihn durchbohrend an. »Alle anderen müssen schauen, wo sie unterkommen. Die Paula und ich, wir sind vom Grab recht schnell hierher – ohne Spaziergang.«

»Der Thomas hat mir gar nicht gesagt, dass du auch in Helmering bist«, mischte sich Freisleder ein und sah strafend zu Reitinger.

»Aber jetzt sind wir ja alle zusammen«, brummte Thomas und vermied es, seine Mutter anzusehen. Er bestellte sich, wenn er schon mal da war, einen Schweinsbraten, Freisleder ebenso.

Hitzlkofer runzelte die Stirn. »Eigentlich gibt's das richtige Essen bloß drüben im Wirtshaus und da herin die kleinen Sachen.«

»Machst für uns doch gern eine Ausnahme«, lächelte ihn der Freisleder an. Hitzlkofer zog brummelnd ab. Ja, das konnte er, der ehemalige Mesner, dachte Thomas. Einfach über eine Grobheit hinweggehen und falsch-freundlich lächeln. Komischerweise taten die Leute dann auch, was er wollte. Außer Therese Reitinger natürlich, die jetzt ihren Stuhl so drehte, dass sie sich ganz Paula zuwandte und dem Freisleder fast den Rücken zeigte.

»Ein fesches Mädl«, meinte der Freisleder nun, nachdem er einen großen Schluck aus seinem Bierglas genommen hatte. »Und wie ähnlich sie der Theres schaut!«

»So ein Schmarrn«, antwortete die. »Ich hab braune Augen und die Paula blaue.«

»Aber die Nase«, behauptete Freisleder, und nun musste Thomas grinsen. Denn das war nun wirklich eine sehr mutige Behauptung, Paulas Stupsnäschen hätte irgendetwas mit der Nase seiner Mutter gemeinsam. Wohl kaum, außer dass auch sie mitten im Gesicht stand. Aber Therese wusste sich zu wehren. Sie fand ein Thema, um Freisleder auf die Füße zu steigen.

»Wie kommt eigentlich ein erwachsener Mensch wie du dazu, dass er durch den Wald läuft und Schätze sucht?« Es klang halb aggressiv, halb neugierig, und Thomas war froh um diese offene Frage, führte sie doch zum eigentlichen Thema zurück.

»Ein Schulfreund von mir, der drüben in Neukirchen wohnt, der hat das viele Jahre gemacht. Einmal hat er das Gefühl gehabt, dass er einem ganz großen Fund auf der Spur ist. Da wollte er nicht mehr alleine graben, weil das ja auch recht anstrengend ist, zumal wir nicht mehr die Jüngsten sind – da hat er mich gefragt, ob ich mitmachen möchte und wir teilen dann.«

»Du warst bei dem Blödsinn gleich dabei.«

Thomas seufzte. Wenn seine Mutter einen auf dem Kieker hatte, dann kannte sie keine Gnade. Aber Freisleder war offenkundig froh, dass sich Therese überhaupt mit ihm beschäftigte. Vielleicht hielt er es auch für ein Geplänkel zwischen Menschen, die sich mögen.

»Das ist eine Leidenschaft«, antwortete Freisleder und richtete seine Augen auf Therese. »Mich hat sie ja nicht so gepackt, aber andere, die leben für die Schatzsuche. Die könnten gar nicht mehr anders. Jeder denkt, dass er eine ganz besondere Spur hat. Jede Münze ist ein Erfolg, den man dem Boden abgerungen hat. Jede Schuhspange ist ein Glück, das kann man gar nicht verstehen, wenn man das nie gemacht hat.«

Thomas wollte sich gerne wieder ins Gespräch einschalten, aber Therese war schneller. »Nein, das kann man nicht verstehen.«

Freisleder ließ sich dadurch nicht entmutigen. »Manche züchten Rosen, das findet auch nicht jeder spannend. Andere sammeln Briefmarken, das verstehen sicher nicht viele, Aber wer einmal eine Abenteuergeschichte wie die Schatzinsel gelesen hat, der möchte doch selber einmal so was erleben.«

»Wenn er ein Kind ist, dann schon«, raunzte Therese ihn an. Dann wandte sie ihren Blick in Richtung Thomas. »Und andere sind so kindisch, dass sie hoffen, man würde ihnen nicht auf die Schliche kommen, wenn sie Blödsinn machen.« Thomas verstand die Rüge sehr wohl, konnte sie aber gut überspielen, indem er mit Paula scherzte.

Freisleder hatte nicht richtig zugehört, er hatte glänzende Augen, wohl deshalb, weil er von den Leidenschaften des Menschen sprach. »Es ist doch schöner, einer geht übers Feld oder durch den Wald und sucht nach den Hinterlassenschaften unserer Vorfahren, als dass er im Wirtshaus sitzt und säuft.«

»Wo sind wir gerade?«, knurrte Therese und wandte sich im nächsten Moment liebevoll ihrer Enkelin zu.

»Freilich sind wir im Wirtshaus, aber ich nehme euch gerne mit zum Suchen, auch wenn ich eigentlich nicht mehr so kann.«

Thereses Blick sagte so deutlich nein, dass Thomas ihn kaum ertragen konnte.

Aber Freisleder ließ sich nicht abschrecken, er hatte sich warmgelaufen. »Eigentlich tun wir Schatzsucher der Gemeinschaft einen Gefallen, weil wir historische Funde bergen, und damit sind wir Historiker und Archäologen zugleich.« Es klang wie auswendig gelernt, aber Freisleder war offenkundig stolz auf seine Argumentation.

»Grabräuber seid ihr«, knurrte Therese Reitinger, und Thomas hoffte inständig, dass Freisleder das nicht gehört hatte. Schnell lenkte er ab. »Ich verstehe immer noch nicht, wie man anfängt. Woher weißt du, wo du suchen musst?«

Freisleder sah seine ganze Kompetenz gefordert und wurde ausschweifend. »Stell dir vor, Napoleon wäre in dieser Gegend gewesen …«

Therese Reitinger verdrehte die Augen, und Thomas warf ihr einen warnenden Blick zu, weil sie wirklich viel dafür tat, ihm seinen Informanten zu vergraulen.

»War der denn in Helmering?«, fragte Thomas nach.

»Stell's dir einfach vor. Die Soldaten haben hier ein paar Tage biwackiert. Man weiß auch ungefähr, wo. Weil es in irgendeiner Quelle beschrieben worden ist. Du wertest also die Unterlagen aus und schaust in alte Karten, vergleichst die mit neuen, suchst das Gelände ab …«

»Und dann findest du eine rostige Kugel«, mischte sich Therese ein.

»Ja, vielleicht auch alte Waffen oder Münzen, und wenn du Glück hast, dann sogar die Kasse mit dem Sold.«

»Das klingt interessant«, fand Thomas.

»Bei Burgen und Klöstern gibt's immer noch was zu finden«, erzählte Freisleder weiter.

»Im Fernsehen habe ich gesehen, dass man das gar nicht behalten darf.« Therese torpedierte schon wieder das Gespräch.

»Wem die Funde gehören, das ist ein ganz eigenes Kapitel«, nickte Freisleder und verlor nichts von seinem strahlenden Lächeln, sobald er Thomas' Mutter ansah. »Leider bist du als Sondengänger schnell der Grabschänder, aber die Archäologen, wenn was finden, sind die großartigen Forscher.«

Thomas machte sich Notizen, das wollte er bei Gelegenheit noch einmal recherchieren. Wären Özdag und Kammhuber wirklich auf etwas Interessantes gestoßen, so wäre es wohl gar nicht ihr Eigentum gewesen.

»Was hast du denn so gefunden?«, fragte er nach.

»Mal einen Schlüssel, den habe ich in der Gemeinde abgegeben. Und ein paar Münzen, aber die waren nicht besonders alt. Einmal eine Speerspitze, auch nichts Antikes.«

»Und was war mit dem großen Schatz, den dein Schulfreund da vermutet hat?«

»Wir haben gesucht und gegraben wie die Blöden. Tagelang. Glaubst gar nicht, wie lange das dauert, bis du so ein großes Loch in den Waldboden gebracht hast.«

»Was war drin?«

»Teile von einem alten Auto. Kein Wunder, dass der Metalldetektor angeschlagen hat.«

»Wenn man was findet und gibt es nicht ab, was kann man denn damit machen?«

Freisleder zuckte die Schultern. »Das Problem hatte ich nie. Aber du kannst es daheim in die Vitrine stellen und dich dran freuen. Oder du suchst dir einen Käufer auf dem Schwarzmarkt.«

»Meinst du, Özdag hätte was verkauft?«

Freisleder furchte die Stirn, als müsste er ganz, ganz fest überlegen. Dabei drehte er sein leeres Glas so lange in der Hand, bis Thomas ihm ein neues Bier bestellte.

»Ich weiß schon, dass der Karim mal einen Blödsinn gemacht hat. Aber er hat's bereut und gut ist es. Aber der Kammhuber, bei dem weiß ich nicht so recht.«

»Was weißt du nicht?«, bohrte Thomas nach.

»Bei dem Stammtisch damals, bevor Kammhuber gekommen ist, da haben die anderen erzählt, dass er daheim nicht viel zu sagen hat.«

Therese Reitinger verdrehte die Augen. »Kaum hat einer eine Frau mit einer eigenen Meinung, schon ist er für euch ein Pantoffelheld.«

Thomas dachte an Gabriele Kammhuber, die er ja kurz kennengelernt hatte. Sah so eine Frau aus, die ihren Mann unterdrückte?

Freisleder wandte sich direkt an Therese: »Aber in der Generation ist es schon selten, dass einer den Namen der Frau annimmt. Finde ich jedenfalls.«

»Wie hat er denn vorher geheißen?«, fragte Thomas, und Freisleder zuckte die Schultern.

»Weiß doch keiner so genau, wo der herkommt und was er vorher gemacht hat.«

Thomas konnte kaum verbergen, wie sehr ihn das interessierte. Aber er wollte es Sepp Freisleder nicht zeigen. Er machte sich eine Notiz, schaute dabei möglichst gleichmütig und schlug dann seiner Mutter vor, bald aufzubrechen. Das Donnerwetter auf der Rückfahrt hatte er schon mal eingeplant.

»Was liest denn da?«, fragte Lisa, als sie aus Paulas kleinem Zimmer zurück ins Wohnzimmer kam, wo Thomas mehrere Bücher gestapelt hatte und in einem blätterte.

»Eins über Schatzsuche, eins über Archäologie und eins über historische Funde rund um Regensburg«, murmelte Thomas. »Die habe ich mir in der Stadtbücherei besorgt.« Lisa setzte sich zu ihm und schaute mit ihm in das Buch, in dem er gerade blätterte.

»Spannend?«

»Irgendwie schon, ja«, behauptete er. »Vor allem das Buch über die Funde, weil ich Bilder von was Ähnlichem bei Kammhuber in der Werkstatt gesehen habe.« Er zeigte ihr das Foto, das er dort gemacht hatte.

»Ein Beil? Sucht man denn so was und freut sich drüber?«

»Einige Leute sind da ganz wild drauf«, antwortete Thomas. »Und manche Sachen sind wirklich was ganz Besonderes. Für den Laien nur Scherben, für den Fachmann eine ganze Kultur.«

»Das Beil wird doch nicht eine ganze Kultur markieren!«, widersprach Lisa. Thomas blätterte stolz in dem Buch und deutete auf eine Seite. »Das sieht total ähnlich aus!«, sagte Lisa überrascht. Thomas las vor: »Hortfund aus Langquaid mit Beiltypus Langquaid. Schlanke Randleistenbeile mit spitzem Nacken … Wichtig für die mitteleuropäische Bronzezeitchronologie.«

»Aber wenn das schon gefunden worden ist, dann lohnt sich doch die Suche nicht mehr«, meinte Lisa.

Thomas klappte das Buch zu. »Keine Ahnung. Auf jeden Fall muss da ein Fachmann her. Da reicht kein Freisleder aus Helmering.«

»Aber du gehst mir hoffentlich nicht unter die Schatzsucher.«

»Ich muss keinen suchen«, sagte Thomas und nahm seine Frau in den Arm.

»Sag jetzt nicht so was Billiges wie: Ich habe meinen Schatz schon gefunden.«

Thomas grinste. »Nein, sag ich nicht. Aber ich hab alles, was ich will. Dich und Paula und ein Dach überm Kopf.«

»Apropos Dach über dem Kopf«, wollte Lisa den Faden sofort aufgreifen. Doch bevor sie aufs Stichwort Wohnungssuche kommen konnte, vollführte Thomas eine wenig elegante Volte, um das Thema gleich wieder zu deckeln. »Wäre es dir eigentlich lieber gewesen, wenn ich bei der Hochzeit deinen Namen angenommen hätte?«

»Wie kommst du jetzt darauf?«

»Weil der Kammhuber das gemacht hat.«

Lisa überlegte einen Moment. »Warum nicht? Kann man das noch ändern?«

»Keine Ahnung«, antwortete Thomas.

»Schade, mein Vater wäre begeistert.«

»Wenn ich mit Nachnamen Haberland hieße wie er?«

Lisa lächelte ihn mitleidig an. »Ich fürchte, meinem Vater geht's nicht um dich. Sondern um unsere Tochter. Paula Haberland. Ich glaube, dann würde er uns sofort ein Haus kaufen.«

Das wird ja immer bedrohlicher, dachte Thomas. Es fehlt nicht viel, und der Schwiegervater kapert mir noch meine kleine Familie.

»Ich hab übrigens eine Liste gemacht, was wir noch alles erledigen müssen, bevor meine Eltern kommen.«

»Aufräumen, putzen, einkaufen?«

»Ja, das ist das Mindeste.«

»Ich übernehme das Putzen«, schlug Thomas vor. »Aber nur, wenn du mir morgen Nachmittag die Paula abnimmst.«

»Was hast du denn vor?«

»Ich möchte mal in der Redaktion vorbeischauen.«

»Du willst dich für deinen Artikel feiern lassen«, vermutete sie.

»Nein, ich möchte mich bei Andrea für ihre Hilfe bedanken und mir die Folgegeschichten sichern, damit mir nicht der Aschenbrenner oder ein anderer die Sache abknöpft.«

Lisa überlegte, dann nickte sie. »Kann ich verstehen.«

Thomas ging in sich. Natürlich hatte Lisa Recht. Er wollte sich auch ein bisschen Lob abholen. Aber wenn er an den Ermittlungen zum Tod von Karim Özdag dranbleiben wollte, dann musste er sich schon entsprechend aufstellen.

»Ich habe einen Arzttermin, da kann ich Paula mitnehmen«, überlegte Lisa.

»Was Ernstes?«, fragte Thomas nach.

Lisa schüttelte den Kopf. »Vorsorge. Magst noch ein bisschen von Helmering erzählen?«

»Von Sepp Freisleder und meiner Mutter? Das kann man nicht schildern, das muss man gesehen haben.«

8. Kapitel

Den Vormittag brachte Thomas erst mit Putzen zu, dann ging er mit Paula einkaufen. Er wollte wenigstens die notwendigsten Dinge besorgt haben, damit Lisa nicht das Gefühl hatte, sie müsste das auch noch am Nachmittag erledigen. Vielleicht hatte sie ja nach dem Arzttermin noch Zeit, etwas Nettes mit Paula zu machen. Auf dem Spielplatz, im Kinderbecken des Westbads oder wo auch immer. Er wusste, dass seiner Frau das fehlte. Dass es sie schmerzte, wenn Paula sich lieber von ihm als von ihr trösten ließ. Dass sie wenig Kontakt zu anderen Müttern hatte und sich schräg angesehen fühlte, wenn sie doch einmal in einer Eltern-Kind-Gruppe auftauchte. Sie hatte die Besuche an ihren freien Tagen dort eingestellt, weil sie nicht in die Gruppe hineingekommen war, sagte sie. Während er sich als der neue Mann feiern ließ. Ein wenig soft vielleicht, aber dafür hielt er seiner Frau den Rücken frei, während sich viele Mütter alleinerziehend fühlten schon deshalb, weil ihre Männer kaum zu Hause waren.

Für den Besuch in der Redaktion war der softe Reitinger aber gar nicht angesagt. Hier wollte er den Journalisten herauskehren, der sich wieder ins Geschehen einschaltete. Die Erziehungszeit ging dem Ende entgegen, jetzt würde er um seinen Platz im Rudel kämpfen, seine Position zurückerobern und sich behaupten gegen einen Aschenbrenner und gegen alle anderen, die seine Abwesenheit genutzt hatten, um sich bestimmte Themen im Lokalen unter den Nagel zu reißen.

Weg mit den Softshell-Jacken, schon der Name enthielt ja den Begriff, den es unbedingt zu vermeiden galt. Sweatshirts waren nun überhaupt nicht angesagt, jetzt musste ein Hemd gebügelt werden. Thomas fiel ein, dass er sein bestes Sakko noch in der Reinigung hatte, seit Wochen schon. Er kramte eine alte Lederjacke aus dem Schrank, sie passte perfekt, denn sie besaß die Patina der frühen Jahre, als er noch Ideale und Träume hatte. So wie jetzt wieder.

Es war schwierig, Paula davon abzuhalten, mit ihren kleinen Händen das Hemd zu befühlen und vielleicht auch mit ein paar Fingerabdrücken zu gestalten. Und er schämte sich auch ein wenig dafür, dass er sie nicht mitnehmen wollte in die Redaktion. Aber sich dort als Vater zu zeigen, das hieß, von den Kolleginnen geliebt, aber als Konkurrent nicht ernstgenommen zu werden. Er hatte vor längerer Zeit einmal die damals noch krabbelnde Paula durch die Redaktion verfolgt, sehr zum Amüsement der Kollegen. Wie schnell sie doch entwischt war! Wie lächerlich er wohl ausgesehen hatte, als er gebückt hinter ihr hergeeilt und unter Tische gekrochen war, nach ihr gerufen und sie angefleht hatte, nicht jedes Kabel in den Mund zu schieben, und letztendlich mit einem laut brüllenden Kind den Rückzug angetreten hatte. Den hämischen Gesichtsausdruck von Aschenbrenner hatte er noch deutlich vor Augen.

Nachdem Lisa Paula übernommen und seinen Look gelobt hatte, radelte Thomas los und betrat lässig, aber doch entschieden mit einem Blumenstrauß für Andrea das Verlagshaus. Sie hatte sich mit ihren Recherchen eine kleine Aufmerksamkeit verdient, und er wusste, dass sie sich freuen würde. Die fleißigen Leute in der Redaktion wurden seiner Meinung nach viel zu wenig beachtet, nur die mit der großen Klappe und den vermeintlich heißen Geschichten, die bekamen die ganze Aufmerksamkeit. Auch wenn er sicher nie zu den Fleißigsten gehört hatte, er konnte schon anerkennen, dass jemand mehr leistete als er und deswegen doch nicht immer groß tönte.

Aschenbrenner sah ihm finster entgegen, als er die Redaktionsräume betrat. Thomas musste den kleinen Schmerz wegstecken, dass an seinem früheren Schreibtisch ein Praktikant saß und diesen Platz komplett eingesaut hatte. Dann gab er sich größte Mühe, seinen Kollegenfeind Aschenbrenner zu ignorieren, er wandte sich gleich Andrea zu und übergab die Blumen. Zum Dank bekam er Wangenküsse, viel Aufmerksamkeit von den Kolleginnen und Kollegen und einen hämischen Kommentar von Aschenbrenner.

»Da schleimt sich aber einer ein.«

»Thomas hat wenigstens Manieren«, konterte Andrea.

»Was muss man denn tun, damit man vom Reitinger Blumen bekommt?«, ätzte Aschenbrenner nach.

»Etwas, was du nicht kannst«, sagte Andrea, und auf einmal war es ganz still. »Hilfsbereit sein«, setzte sie nach, und alle lachten.

Während Andrea eine Blumenvase suchte, was in der Redaktion gar nicht so leicht war, ging Thomas von Schreibtisch zu Schreibtisch und unterhielt sich mit den Kollegen.

»Super Geschichte«, sagte Patrick, der Volontär. »Was anderes als Mittelaltermarkt.«

»Mir hat Ihr Artikel aber gut gefallen.«

Thomas vermied es, sich zu Aschenbrenner umzudrehen. Eigentlich wollte er die alte Rivalität gar nicht mehr aufkommen lassen. Aber Aschenbrenner machte es ihm nicht so einfach, sondern stellte sich ihm in den Weg. »Der Tote in der Donau, das war meine Story.«

»Wieso? Weil du die erste kleine Meldung geschrieben hast?«

»Ich hab gewusst, dass da mehr dran ist«, behauptete Aschenbrenner, »aber ich wollte den Obduktionsbericht abwarten.«

»Seit wann wartest du denn auf Tatsachen, wenn du wild spekulieren und behaupten kannst?«

»Das machst ja jetzt du.«

Es war ganz still in der Redaktion geworden. Alle schauten auf die beiden Rivalen, die sich mit Blicken maßen. Doch dann kam Andrea mit einer Blumenvase aus dem Büro der Sekretärin. »Der Chef will mit dir reden.« Thomas nickte. Das hatte er erhofft und erwartet. Er war froh, dass er sich nicht selbst darum bemühen musste.

»In ein paar Monaten sind Sie wieder voll da«, begann der Chef das Gespräch und klopfte Thomas dabei anerkennend auf die Schulter.

»Ich freue mich sehr darauf«, antwortete Thomas und musste nicht einmal lügen. Er hatte die letzten Monate vieles vermisst, was er vorher kaum wahrgenommen hatte, was ihm nie wichtig gewesen war.

Schon beim Betreten der Redaktion war ihm dieser spezielle Geruch aufgefallen, der ihn so viele Jahre begleitet hatte. Er konnte ihn nicht einmal beschreiben. Denn die Zeit von Zigarettenrauch, Alkoholdunst und dem Duft frisch gedruckter Seiten war längst vorbei. Vielleicht war davon ein bisschen etwas geblieben, oder er hatte diese Erinnerung noch in seinem Gehirn gespeichert, und sie wurde beim Eintreten zur vermeintlichen Realität.

Aber wonach roch es wirklich in der Redaktion am Morgen? Nach abgestandener Luft vielleicht, nach dem Drucker …

»Reitinger, woran denken Sie?«

Thomas kehrte mit seinen Gedanken in das Büro des Chefs zurück. Auftakt des Gesprächs vermasselt, dachte er und ärgerte sich über sich selbst. »Entschuldigung, aber es ist schön, wieder hier zu sein«, sagte er und lächelte entwaffnend.

»Das ist the spirit!«, rief der Chef, der sich gelegentlich auf Denglisch als Umgangssprache verlegte. »Ich wünschte, mehr Kollegen hätten diese Einstellung. Aber vielleicht ist eine Familienpause auch ganz heilsam, wenn man der Arbeit überdrüssig ist.«

Du hast sicherlich nie deine Kinder gewickelt, dachte Thomas, sagte aber natürlich etwas ganz anderes: »Ich möchte gerne an der Geschichte über Karim Özdag dranbleiben.«

»Das kann ich verstehen«, sagte der Chef. »Und ich habe es mir auch schon gedacht. Aber: Haben Sie denn die Zeit dafür?«

»Ja«, antwortete Thomas so klar und fest, wie er nur konnte, und ließ dieses kleine Wort dann ohne jede weitere Erklärung einfach mal so im Raum stehen.

Er überlegte noch kurz, ob er ein »Yes, I can« nachschieben sollte, aber dann ließ er es. Er fand, es würde die Wirkung seines Ja verwässern.

»Entschuldigen Sie, wenn ich störe«, hörte er da eine Stimme in seinem Rücken, und es stellten sich ihm die Nackenhaare auf. Das war Aschenbrenner, die Stimme triefend von Unterwerfung gegenüber dem Chef. »Aber ich hab da was. Es geht um den toten Karim Özdag.«

Thomas musterte den ungeliebten Kollegen verärgert, und der grinste ihn frech an, während der Chef kurz auf sein brummendes Handy sah. »Schießen Sie los, Aschenbrenner!«

»Ich dachte, das wäre meine Geschichte?«, warf Thomas dazwischen und ärgerte sich, weil er viel zu zögerlich klang.

»Zu zweit kommen Sie doch viel schneller ans Ziel«, behauptete der Chef, aber weder Thomas noch Aschenbrenner sahen so aus, als würden sie diese Meinung teilen. »Also, was gibt es?«

»Vor zwei Wochen hat sich doch eine junge Frau umgebracht. Sie wissen, ich hab eine Meldung fürs Lokale geschrieben.« Aschenbrenner ignorierte Thomas komplett und stellte sich so, dass der hinter seinen breiten Schultern fast verschwand.

»Tragische Geschichte«, nickte der Chef.

»Aber jetzt kommt's«, sagte Aschenbrenner, der sich niemals mit Sentimentalitäten aufhielt. »Sie war lange Zeit wegen einer Psychose im Bezirkskrankenhaus.«

»Das macht die Sache nicht weniger tragisch«, meinte der Chef, und Thomas bekam immer mehr das Gefühl, er könnte jetzt eigentlich heimgehen.

»Ich bin noch nicht fertig«, ergänzte Aschenbrenner, und Thomas hörte, wie Triumph in seiner Stimme mitschwang. »Die Psychose hat sie vor etwa fünf Jahren bekommen, weil sie Crystal Meth genommen hat – und angeblich hat Karim Özdag ihr das verkauft.«

»Wo hast du das her?«, platzte es aus Thomas heraus, aber Aschenbrenner grinste nur, während der Chef sich vor Begeisterung überschlug. »Super-Story, Aschenbrenner. Bleiben Sie dran, machen Sie für morgen was.« Dann wandte er sich fast mitleidig an Thomas. »Das heißt natürlich nicht, dass Sie nicht weiter recherchieren sollen. Wir gehen den Fall von beiden Seiten an.«

»Ich glaub, das ist gar nicht nötig«, behauptete Aschenbrenner. »Weil der Vater der jungen Frau mehrfach vor Zeugen gesagt hat, dass er Karim Özdag umbringen wird, weil der seiner Tochter das angetan hat.«

»Sie meinen, wir haben den Täter bereits?« Der Chef kriegte sich kaum noch ein.. Aschenbrenner nickte selbstbewusst, und Thomas kam sich in seiner Patina-Lederjacke so lächerlich vor, dass er sich wünschte, Paula wäre bei ihm, um ihn zu trösten.

»Ich schreib dann mal den Aufmacher«, sagte Aschenbrenner und ging mit einem zufriedenen Seitenblick auf Thomas hinaus.

Leider war Reitinger kein großes Talent darin, seine Gefühle zu verbergen. Es fiel dem Chef natürlich auf, dass er dastand wie ein begossener Pudel. Wollte er nicht gerade noch sein Revier abstecken? Es gab kein Revier mehr. Tröstend klopfte ihm der Chef auf die Schulter. »Take it easy, Reitinger. Lassen Sie Ihrem Kollegen doch die Facts und News, Ihre Stärke ist ja ohnehin mehr die Hintergrundberichterstattung.«

»Braucht es doch gar nicht mehr, wenn der Fall gelöst ist.«

»Wer weiß? Vater und Tochter, zwei Leben zerstört durch Drogen. Und ein Dealer, der angeblich schon längst nichts mehr mit der Szene zu tun hat. Fragen Sie nach. Kämpfen Sie um Ihre Story.«

Thomas kochte, als er die Redaktion verließ. Wo, verdammt noch mal, hatte Aschenbrenner diese Information her? Dass zwischen dem Tod der jungen Frau und Karim Özdag eine Verbindung bestand. Hatte er im Archiv gewühlt oder hatte ihm einer von der Kripo etwas gesteckt? Jana sicher nicht, aber sie hatte ja auch Kollegen. Und Aschenbrenner zwar sicher keine Freunde, aber Spezl, denen er auch einmal einen Gefallen tat.

Thomas lief am Museum Ostdeutsche Galerie vorbei in den Stadtpark, am Ufer des kleinen Teichs entlang, erfreute sich aber an gar nichts. Nicht am schönen Wetter, nicht am Springbrunnen, nicht am Lächeln der Spaziergänger. Er musste nachdenken und kam zu keinem Ergebnis. Verplemperte er mit der Schatzsucher-Geschichte seine Zeit, während Aschenbrenner die richtige Spur verfolgt hatte? Hatte er sich lächerlich gemacht wie einer, der die echte Story gar nicht sieht? Endlich holte er sein Handy heraus, ließ sich auf einer Parkbank nieder und rief Jana Meyerbeer an.

»Von mir hat er das nicht«, sagte Jana auf seine Frage. »Aber ich kann dir schon mal sagen, dass der Vater es vermutlich nicht war. Der ist seit dem Tod seiner Tochter selbst im Bezirkskrankenhaus wegen Suizidgefahr. Und ich denke, das Personal dort hat gut auf ihn aufgepasst.«

»Das heißt, Aschenbrenner sitzt grad einer Halbinformation auf.«

»Wenn du fair bist, sagst du's ihm.«

Das muss ich mir noch überlegen, dachte Thomas.

»Komm, tu's für deine Zeitung«, ermunterte ihn die Kommissarin. »Sonst lass ich die Pressestelle eine Meldung rausgeben, dass der Vater es nicht war, dann weiß Aschenbrenner es auch.«

»Warum machst du das?«

»Weil ich nicht will, dass ein Unschuldiger in Verdacht gerät, nur weil du deinem Kollegen eins auswischen willst.«

Sie hatte Recht – und Thomas wusste es. Nur der Neid auf die gute Geschichte, den er verspürt hatte, und die Freude darüber, dass es gar keine gute Geschichte war und Aschenbrenner den Täter noch lange nicht auf dem Silbertablett servieren konnte, ließ ihn so unsouverän und unfair reagieren.

»Was ist dein Problem, Thomas?« Sie klang fast besorgt.

»Ich würde gerne weitermachen und weiß nicht wie.« Er wunderte sich über das, was er gesagt hatte. Bislang hatte er es sich selbst noch gar nicht eingestanden,

»Ich gebe dir einen Tipp. Einer der Jungs, die damals mit Karim Özdag geschnappt wurden, heißt Kjell L. So stand's auch bei euch in der Zeitung. Sprich doch mal mit dem.«

»Du hast schon mit ihm geredet?«

»Es bringt uns nicht viel weiter, aber für eine kleine Geschichte in der Zeitung reicht es allemal, was er dir erzählen kann.«

»Wie heißt er mit Nachnamen?«

»Sei nicht so faul, Thomas. In Regensburg gibt's nicht viele Kjells. Den findest du auch ohne mich.«

Thomas hatte Kjell Löscher schnell ausfindig gemacht, und der war sogar bereit, für eine schöne Brotzeit mit dem Journalisten zu sprechen. Sie verabredeten sich im Café Unter den Linden am Stadtpark, denn Thomas war ja ohnehin schon dort. Während er auf den Mann wartete, schickte er Aschenbrenner eine Mail, im CC setzte er den Chef rein. Er schrieb, dass er einen Hinweis erhalten habe, der Vater des toten Mädchens sei seit Wochen in der Psychiatrie und komme daher als Mörder von Karim Özdag nicht in Frage. Dann gönnte er sich ein Weißbier und wartete.

»Wie sind Sie überhaupt auf mich gekommen?«, fragte Kjell Löscher, als er sich zu Thomas an den Tisch setzte. »Bei dem Zeitungsartikel damals, in dem es um unsere Verurteilung ging, da waren doch Balken über den Augen und die Namen nicht ausgeschrieben.«

»Das stimmt«, sagte Thomas. »Aber bei Ihrem seltenen Vornamen und den Möglichkeiten des Internets …«

»Da haben Sie es leichter«, grinste der junge Mann und studierte die Speisekarte. Er bestellte das Lindenpfandl und ein Bier. »Thomas R. – bei Ihrem Vornamen findet man Sie nicht so schnell.«

Thomas musterte den Mann nachdenklich. Etwa 25 Jahre alt, schlank, dunkelhaarig. »Wie sind Sie denn zu Ihrem ausgefallenen Vornamen gekommen?«

»Meine Mutter hat im Urlaub einen Norweger kennengelernt und ist dann ohne Norweger, aber mit mir wieder nach Hause gekommen.« Löscher lachte selbst über seine Bemerkung und nickte der Bedienung zu, die ihm sein Bier brachte.

Man sollte meinen, dass es so ein Typ leicht im Leben hat, dachte Thomas. Heißt es doch immer, gutaussehende Menschen hätten es einfacher.

»Wir haben Mist gebaut damals«, erklärte er, ohne dass Thomas ihn überhaupt etwas gefragt hätte. »Karim und ich steckten nicht so tief drin. Wir haben ja das Zeug nicht aus Tschechien geholt und im großen Stil unter die Leute gebracht mit einem ganzen Netz an Unterhändlern, sondern einfach nur ein bisschen damit gehandelt, um unser Taschengeld aufzubessern.«

»Tun Sie nicht so, als hätten Sie Kaugummis verkauft«, antwortete Thomas und schnipste ein paar Krümel weg.

Löscher grinste. »Sie sind ja ein ganz Ordentlicher.«

»Meine Frau sagt genau das Gegenteil.«

»Was wollen Sie jetzt genau von mir wissen?«, fragte Kjell Löscher.

»Was ist aus dem Dritten Ihrer Bande geworden?«

»Sie kennen doch den Artikel. Er ist in den Knast gewandert. Ich habe Bewährung gekriegt, und Karim konnten sie nichts nachweisen.«

»Aber er war dabei.«

Kjell Löscher nickte: »Jetzt kann ihm meine Aussage ja nicht mehr schaden.«

»Haben Sie zu dem anderen noch Kontakt?«

»Bloß nicht. Ich bin sauber. Ich habe dann eine Lehre gemacht und arbeite jetzt ganz normal, wie alle anderen Menschen auch.«

»Wo das?«

»Einzelhandel. Habe eine feste Freundin, wohne mit ihr zusammen, das ganz normale Programm.«

»Zu Karim hatten Sie auch keinen Kontakt mehr nach dem Prozess?«

»Am Anfang schon, aber Sandra mag mich nicht besonders.«

»Und warum nicht?«

»Sie mochte niemanden, der Ihren Mann von früher kannte. Denken Sie auch, dass Karims Tod mit dieser alten Geschichte zu tun hat?«, fragte Löscher.

»Wieso, wer denkt das denn?«

»Die Kommissarin. Tolle Frau. Kennen Sie die?«

Thomas beschloss, die Frage zu ignorieren und zu der zurückzukehren, die Karim Özdags Tod betraf.

»Es wäre doch möglich, dass Karim Özdag wieder was dazuverdienen wollte. Taxifahren und ein bisschen Stoff verticken – das schließt sich doch nicht aus.«

»Unwahrscheinlich«, sagte Löscher und nahm einen kräftigen Schluck. »Sandra hätte ihn gevierteilt.«

»Aber stellen Sie sich doch mal vor«, überlegte Thomas. »Sie und Ihre Freundin suchen eine neue Wohnung, richten sie ein, das Geld reicht nicht, die Schulden wachsen Ihnen über den

Kopf, Sie verdienen nicht genug, da fällt Ihnen ein, dass es ja eine recht einfache Möglichkeit gibt, an Geld zu kommen.«

»So einfach ist das nun auch wieder nicht«, raunzte Löscher. »Sie vergessen nämlich, dass da über jedem kleinen Dealer noch ein paar Leute verdienen wollen, und die sind nicht zimperlich. Das ist nicht so einfach, ein paar Mal das Zeug zu verkaufen und dann zu sagen: Hey, Leute, ich hab jetzt meine Kohle zusammen und ziehe mich wieder ins Privatleben zurück. Sie wissen dann nämlich zu viel.«

»Vielleicht hat Karim Özdag zu viel gewusst? Oder er wollte ganz naiv ein paar kleinere Geschäfte machen und dann wieder nur Taxifahrer und Familienvater sein?«

»Dann wäre er dämlicher, als ich dachte«, knurrte Löscher. »Denn er wusste genauso gut wie ich, dass das kein Spaß ist.«

»Was ist aus dem anderen aus Ihrer Gang geworden?« Thomas wusste es zwar bereits von Jana Meyerbeer, aber er wollte sehen, ob Kjell Löscher noch informiert war und bereitwillig Infos herausrückte.

»Der Manni Heinzler war kurz raus und sitzt schon wieder.«

»Schade, ich hätte ihn gern gesprochen.«

»Lassen Sie das lieber.«

»Wieso?«

»Der ist nicht so nett wie ich«, grinste Löscher.

»Macht nichts, ich rede auch mit weniger netten Leuten.«

»Haben Sie nicht gesagt, Sie haben Familie?«

Thomas war auf einmal ganz flau im Magen.

Nach dem Gespräch mit dem Chef und Aschenbrenner war er so aufgebracht gewesen, dass er ohne sein Fahrrad einfach losgerannt war in Richtung Stadtpark. Jetzt schlenderte er zurück und holte es. Inzwischen hatte er eine kurze Mail mit dem Inhalt »Okay« von Aschenbrenner bekommen. Mehr Dankbarkeit gab es nicht. Vielleicht hatte er ihn vor einer Blamage bewahrt, aber andererseits hatte er ihm auch eine Geschichte zerschossen. Aschenbrenner ging gerne so vor, dass er erst die halbe Wahrheit mit einer Menge Spekulationen schrieb und diese am nächsten Tag wieder zurücknahm, indem er die Halbwahrheiten gut informierten Kreisen zuschrieb, die sich offensichtlich ausnahmsweise einmal getäuscht hatten. Das war nun nicht möglich. Undenkbar, sich damit herauszureden, er habe gar nicht gewusst, dass der Vater der Verstorbenen nicht der Mörder von Özdag sein könne.

Thomas schob das Fahrrad in Richtung Jakobstor. Ihm war noch nicht so recht nach Heimweg. Zu sehr war er mit seinem Fall beschäftigt. Vor drei Stunden hatte er noch gedacht, die Crystal-Meth-Geschichte würde richtig viel hergeben. Jetzt war er nicht mehr so sicher. Vielleicht war es doch nicht so verkehrt, auch die andere Spur zu verfolgen. Zumal Aschenbrenner am Thema Schatzsuche gar nicht dran war.

Thomas ging über den Arnulfsplatz, aber nicht gleich runter zur Donau, sondern in Richtung Haidplatz und Kohlenmarkt, Orte, die sich an so lauen Spätnachmittagen in riesige Cafés verwandelten. Die ganze historische Altstadt roch nach Ferien und Freizeit, nach Wochenende und Gemütlichkeit. Die Bestuhlung der einzelnen Lokale auf den historischen Plätzen ging so sehr ineinander über, dass man manchmal gar nicht mehr erkennen konnte, ob man noch im Bereich der einen oder schon in dem der anderen Gaststätte saß. Er setzte sich an ein Tischchen des Eiscafés und aß ein Schokoeis, das ganz allein ihm gehörte, denn Paula war ja nicht dabei. Komischer Tag. Er schickte Lisa eine Nachricht, dass es etwas später werden würde. Dann schloss er für einen Moment die Augen und genoss es, für nichts und niemanden verantwortlich zu sein.

Es war schon fast acht Uhr, als er nach Hause kam. Er hatte sich dann doch noch ein Bier gegönnt und spürte die müde Wurschtigkeit eines Menschen, den Sonne und Alkohol sediert hatten und der sich auf einen ruhigen Abend freute.

»Paula schon im Bett?«, fragte er, als er Lisa auf die Wange küsste.

»Wolltest du mit ihr noch die Tagesschau ansehen?«, lautete die Gegenfrage, und natürlich fiel Thomas der spitze Ton auf.

»Tut mir leid, es ist ein bisschen später geworden, aber es war so schön draußen.«

Lisa schwieg. Sie war gerade damit beschäftigt, alte Kleidungsstücke von Paula durchzugehen. Strampler, Jäckchen, die erste Jeans, die ersten Schuhe.

»Das passt ihr doch alles gar nicht mehr.«

»Ich weiß.«

»Warum hast du es dann rausgeholt? Willst du damit zum Flohmarkt? Oder es verschenken?«

Lisa sagte nichts, und Thomas ging davon aus, dass es besser war, die Sache nicht weiter zu vertiefen. »Ich muss noch recherchieren«, behauptete er und zog sich mit seinem Laptop ins Schlafzimmer zurück. Wieder keine Antwort. Irgendetwas läuft hier schief, dachte er. Aber er kam nicht drauf, was es sein könnte.

9. Kapitel

Die Stimmung blieb verhalten am Samstagvormittag. Thomas beendete die Putzorgie in der Wohnung, die er im Hinblick auf den Besuch der Schwiegereltern am Tag zuvor begonnen hatte. Lisa half ihm und schrieb noch ein paar Dinge auf, die sie einkaufen sollten, die er am Vortag vergessen hatte. Sie machte einen in sich gekehrten Eindruck, und Thomas wusste nicht so recht, wie er damit umgehen sollte. Manchmal war es gut, sie dann in Ruhe zu lassen, manchmal aber wollte Lisa gefragt werden, was mit ihr los war. Er konnte das immer noch nicht so recht unterscheiden, nach all den Jahren. Da der gestrige Abend nicht so harmonisch geendet hatte, beschloss er, dort anzuknüpfen.

»Es tut mir leid, dass ich gestern ein bisschen was getrunken habe und später heimgekommen bin als gedacht.«

»Ich hab doch gar nichts gesagt.«

»Genau das hat mich stutzig gemacht.«

Sie lächelte leicht, sagte aber nichts.

»Du hast doch was, ich merke das ganz genau.«

»Es ist nichts, Thomas, alles okay.«

Siedend heiß fiel Thomas auf einmal ein, dass Lisa am Freitagnachmittag beim Arzt gewesen war. »Du bist krank!«, rief er erschrocken aus. »Der Doktor hat was gefunden, und du willst es mir nur nicht sagen.«

»Nein, ich bin vollkommen gesund.«

»Ehrlich?«

»Ja, mir fehlt gar nichts.«

Thomas musterte seine Frau aufmerksam, aber sie erwiderte den Blick offen und ehrlich. Thomas nahm sie in den Arm. »Aber irgendwas bedrückt dich doch. Ist es der Besuch deiner Eltern morgen?«

»Ich glaube, der bedrückt eher dich als mich.«

»Hast du Ärger in der Arbeit?«

»Da ist alles wie immer.«

Thomas seufzte. »Ich geb's auf.«

Lisa räusperte sich. »Es ist vielmehr so ...« In dem Moment klingelte das Telefon.

»Deine Eltern sagen ab!«, rief Thomas voller Vorfreude und nahm ab. »Reitinger?«

»Hier ist Gabriele Kammhuber. Sie haben mir doch Ihre Visitenkarte gegeben, als Sie bei uns waren.«

»Ist etwas passiert?«, fragte Thomas sofort, denn er konnte sich nicht vorstellen, dass die Frau des Installateurs ihn ohne guten Grund anrief. Zugleich sah er sich nach Lisa um, die nur leicht resigniert die Schultern zuckte, als wollte sie sagen: Kann man nichts machen.

»Es geht um meinen Michi.« Frau Kammhuber begann zu schluchzen.

In dem Moment war ein Rums aus Paulas Zimmer zu hören und gleich danach ein Weinen. Lisa eilte aus dem Wohnzimmer, und Thomas gab sich Mühe, mit seiner Konzentration bei dem Telefonat zu bleiben. Sie redet von Michael, ihrem Sohn, rief er sich ins Gedächtnis. Die junge Frau auf dem Spielplatz hatte von ihm erzählt. Inzwischen war wohl auch Frau Kammhuber eingefallen, dass Thomas ihren Sohn eigentlich nicht kennen konnte von ihrer kurzen Begegnung.

»Wissen Sie, ich habe einen Sohn. Der wohnt eigentlich bei seinen Großeltern. Warum, das ist eine lange Geschichte. Und jetzt ist er verschwunden.«

»Was heißt das: verschwunden?«

»Er wollte bei mir vorbeikommen. Er ist auch pünktlich bei seiner Oma losgefahren, aber er ist nicht bei mir angekommen.«

»Haben Sie ihn angerufen?«

»Freilich, er geht nicht ran. Er hat sein Handy ausgeschaltet.«

»Frau Kammhuber, soweit ich weiß, ist Ihr Sohn erwachsen und …«

»Sie reden genau wie die von der Polizei. Sie wollen mir auch nicht helfen.«

»Natürlich will ich das. Aber wieso sollte er denn verschwinden?«

»Ich bin mir ganz sicher, dass ihm was passiert ist. Erst der Unfall von meinem Mann und jetzt das …«

»Ihr Mann hatte einen Unfall?« Thomas war wie elektrisiert.

»Ja, ganz in der Frühe, als er zum Graben gehen wollte.«

Inzwischen war Lisa wieder aufgetaucht mit einer getrösteten Paula auf dem Arm, der allerdings die Spuren der Tränen noch anzusehen waren. Lisa pustete auf eine Stelle an Paulas Kopf, vermutlich hatte sie sich irgendwo gestoßen.

»Frau Kammhuber, ich muss kurz was klären, dann rufe ich Sie gleich zurück.«

Thomas legte auf und sah Lisa schweigend an. Sie lächelte leicht. »Du hast schon wieder diesen fiebrigen Blick, was ist denn los?«

»Das weiß ich noch nicht genau, aber die Frau ist ganz aufgelöst.«

»Wenn du hinfahren willst, dann mach das.«

»Aber der Haushalt und die Einkäufe …«

»Paula und ich schaffen das schon.«

»Soll ich das Auto dalassen?«

Lisa schüttelte den Kopf. »Viel Glück bei deinen Recherchen.«

Gabriele Kammhuber war in Tränen aufgelöst, als sie Thomas die Tür öffnete. Sie führte ihn in eine Wohnküche und setzte sich an den Tisch, ohne ihm etwas anzubieten. Das Telefon lag da, eine benutzte Tasse stand daneben, eine Packung Taschentücher, die fast leer war.

»Mein Sohn besucht mich jeden Samstag, wenn mein Mann

bei der Schatzsuche ist«, sagte sie. »Aber heute ist er nicht gekommen.«

»Und Ihr Mann ist verunglückt?« Thomas schien dies sehr viel interessanter, als dass ein junger Mann am Wochenende nicht bei seiner Mutter vorbeischauen wollte.

»Er ist schon um sechs Uhr aufgebrochen, wie fast immer am Samstag. Meistens fährt er ja inzwischen auch noch ein oder zwei Mal unter der Woche und am Sonntag sowieso …«

»Wo ist er denn hingefahren?«

»Das weiß ich nicht. Aber um halb sieben hat die Polizei angerufen und gesagt, er habe einen Unfall an der Autobahnausfahrt Hausen gehabt.«

Der geht aber früh los, dachte Thomas. Was außer Paula wäre mir so wichtig, dass ich um diese Uhrzeit aufstehe? »Ist es schlimm?«

»Prellungen und ein Schleudertrauma«, sagte Frau Kammhuber. »Ich bin dann schnell hingefahren zu den Barmherzigen Brüdern und habe ihm seine Sachen gebracht. Schlafanzug, Zahnbürste, was man eben so braucht. Der Michi kommt ja sowieso nie vor neun Uhr. Ich dachte, auf dem Rückweg könnte ich noch Semmeln kaufen und Apfelkuchen, den mag er so gern. Dann würden wir gemütlich frühstücken …«

Wie schnell sie über den Unfall hinweggeht, wie rasch sie wieder von ihrem Sohn spricht, dachte Thomas. Er sah sich in der Küche um, während Frau Kammhuber ihre Tränen abwischte. Ein Foto von Gabriele und Ludwig Kammhuber, möglicherweise aufgenommen nach der Trauung, denn beide waren festlich gekleidet und lächelten sich glücklich an. Ein Foto von einem Jungen, etwa 13 Jahre alt, der einen Fisch an der Angel hielt. Stolz. Vermutlich ein Jugendbild von Michael Kammhuber. Ein aktuelleres konnte Thomas nicht entdecken.

»Hat Ihr Mann noch irgendetwas gesagt, als Sie ihn besucht haben?« Dieser Unfall kam Thomas seltsam vor, er musste mehr darüber wissen.

»Ich habe ihn nur kurz gesehen, weil sie noch eine Röntgenaufnahme machen wollten. Er war komisch, und ich dachte, das ist noch der Schock vom Unfall, aber in Wirklichkeit …« Was verschluckte sie, während sie die Faust ballte? Fast sah es aus, als wollte die Frau wütend werden, dann fing sie sich wieder. »Wie ich heimgekommen bin, stand die Polizei schon vor der Tür. Sie haben den Michi gesucht. Bei seiner Oma war er nicht mehr, aber bei mir war er auch nicht. Erreichen konnte ihn keiner. Sie haben gesagt, er hätte wohl sein Handy ausgeschaltet.«

»Wieso fragt die Polizei nach Ihrem Sohn?« Thomas konnte die Bruchstücke, die Gabriele Kammhuber ihm da servierte, in gar keinen Zusammenhang bringen.

»Weil mein Mann behauptet hat, Michi hätte seine Bremsen manipuliert und deshalb sei es zu dem Unfall gekommen.«

In Thomas' Kopf begann es zu rattern. Alle paar Minuten eine neue, überraschende Information von dieser Frau – und sie passten alle so gar nicht zusammen. »Warum hätte Ihr Sohn das machen sollen?«

»Weil er meinen Mann nicht leiden kann. Deshalb ist er doch schon vor Jahren zu seinen Großeltern gezogen, zu den Eltern meines ersten Mannes. Weil die zwei nicht miteinander ausgekommen sind.« Wieder liefen die Tränen. »Dabei habe ich damals gedacht, es ist gut für den Buben, wenn er nicht mit mir allein aufwachsen muss und wieder ein Mann im Haus ist.«

Frau Kammhuber schnäuzte sich und brachte das Papiertaschentuch gleich zum Mülleimer. Erst jetzt, als sie von ihm wegging, bemerkte Thomas den großen blauen Fleck am Unterschenkel. »Was haben Sie denn da gemacht?« Er war ehrlich erschrocken.

Sie wusste erst gar nicht, was er meinte. Als er auf den dunklen Fleck zeigte, reagierte sie gleichmütig. »Ach das, ich hab mich beim Aufräumen gestoßen. Und ich kriege recht schnell blaue Flecken.«

Thomas überlegte, ob er sich schon einmal so gestoßen hatte, dass dabei ein solcher Bluterguss entstanden wäre, aber vielleicht war er auch nicht so empfindlich. Frau Kammhuber aber war mit ihren Gedanken bereits wieder zu dem Konflikt zwischen Mann und Sohn zurückgekehrt.

»Da bringe ich ihm seine Sachen ins Krankenhaus, und er ist zu feig, mir zu sagen, dass er den Michi bei der Polizei hingehängt hat. Dabei war mein Sohn das ganz bestimmt nicht.« Sie klang verärgert, fast zornig.

Thomas erkannte die Frau kaum wieder, die ihm bei seinem ersten Besuch so grau und unscheinbar vorgekommen war, die sich erst durch Paula zu einem Lächeln hatte hinreißen lassen. So viel Liebe für das Kind und so viel Bitterkeit über eine offenbar unglückliche Beziehung. Eigentlich hatte er gar keine Zeit für die komplizierte Familienbeziehung der Kammhubers, aber er wollte die Frau in ihrer Not nicht so sitzenlassen. Zumal sie sich offenbar warmgeredet hatte.

»Wissen Sie, mein erster Mann, der Vater von Michi, der ist bei einem Arbeitsunfall auf dem Bau ums Leben gekommen. Ein Eisenteil hat sich gelöst. Das war 2008. Der Michi war damals dreizehn. Er und sein Vater waren ein Herz und eine Seele. Sie sind oft zum Angeln oder auch mit den Eltern meines Mannes in den Wald, die sind alle recht naturverbunden.«

Thomas bemerkte sehr wohl, dass Frau Kammhuber selbst in diesen Beschreibungen gar nicht vorkam. Als hätte sie in der ersten Familienkonstellation nur eine untergeordnete Rolle gespielt. Aber das wollte er ihr lieber nicht sagen. Er zog sein Notizbuch heraus und schrieb mit.

»Dann haben Sie Ihren zweiten Mann kennengelernt.«

Frau Kammhuber nickte. »Vielleicht war es ein Fehler, dass ich eine Anzeige aufgegeben habe. Aber ich war so einsam, die Werkstatt lag verlassen da, ich dachte auch, der Bub bräuchte einen Vater. So einen, wie mein erster Mann einer gewesen ist.«

»Da hat sich einer gemeldet und das war der Herr …«

»Wolters hieß Ludwig damals. Er hat die Anzeige gelesen, er war Installateur von Beruf, und als wir uns kennengelernt haben, da hatten wir beide das Gefühl, dass es passt.«

»Wo ist er denn hergekommen, der Herr Wolters?«, fragte Thomas, obwohl er es eigentlich schon wusste.

»Aus der Nähe von Köln.«

»Dort hat er also auch seine Familie.«

»Nein, der Ludwig war ganz allein. Seine erste Frau ist gestorben, Kinder gab's keine, die Eltern sind tot, Geschwister hat er nicht. Bei unserer Hochzeit war keiner von seiner Seite dabei.«

Thomas überlegte. Er hatte ja auch keine Geschwister. Aber wenn man schon keine Familie hatte, dann doch wenigstens Freunde, oder? Wolters war so ganz der einsame Wolf gewesen?

»Wie hat Michael reagiert, als Sie wieder heiraten wollten?«

»Das war von Anfang an schwierig. Ludwig wollte gern ein guter Vater sein, da bin ich ganz sicher. Aber Michael war in der Pubertät und er hat seinen leiblichen Vater sehr vermisst. Mir hat er nicht verziehen, dass ich einen Fremden ins Haus geholt habe.«

Thomas überlegte, wie das wohl für ihn gewesen wäre, wenn sein Vater früh gestorben wäre und seine Mutter noch einmal geheiratet hätte. Einen wie den Freisleder vielleicht … Er hörte die nächsten Sätze von Frau Kammhuber nur nebenbei und musste sich zwingen, zu ihrer Geschichte zurückzukehren.

»… und als meine Schwiegereltern dann angeboten haben, er könnte zu ihnen ziehen, da wollte er das auch tun. Ich hab ihn schweren Herzens gehen lassen. Er war dort glücklicher als hier. Ludwig und ich haben uns besser verstanden, als mein Sohn weg war, und die Großeltern vom Michael waren selig. Sie haben zwar ihren Buben verloren, aber dafür den Enkel bekommen.«

Thomas schwieg eine Weile, weil er sich bemühte, möglichst schnell und leserlich mitzuschreiben. Er wusste zwar noch nicht, ob er das alles überhaupt irgendwann einmal brauchen könnte, ob es ihn in der Geschichte weiterbringen würde, doch er wollte die Chance nutzen, möglichst viel zu erfahren und alles festzuhalten.

»Aber Ihr Sohn besucht Sie sehr oft, wenn ich das richtig verstanden habe.«

Frau Kammhuber nickte. »Wenn der Ludwig weg ist. Er erzählt mir dann vom Studium und was er sonst so macht …«

»Was studiert er denn?«

»Englisch und Geographie auf Lehramt«, antwortete Gabriele Kammhuber nicht ohne Stolz. Sie ging zum Schrank, holte ein aktuelles Foto heraus und zeigte es Thomas. Ein junger Mann, Anfang zwanzig. Halblanges, dunkelblondes Haar, ein eher weiches Gesicht, das auch durch den Schimmer eines Dreitagebartes nicht männlich-herb wurde. Freundliche, helle Augen und ein etwas verhaltenes Lächeln. So ähnlich hatte er sich den Michi auch vorgestellt. Ein junger Kerl, den zwei Frauen vor dem Leben beschützen wollten, seine Mutter und seine Großmutter. Und der seinen eigenen Stand noch nicht gefunden hatte.

Thomas überlegte. Hatte die Frau mit dem Kinderwagen, die er bei seinem ersten Besuch in Keilberg getroffen hatte, nicht erzählt, der junge Kammhuber habe Automechaniker gelernt?

»Versteht er denn genug von Autos, dass er die Bremsen am Auto Ihres Mannes hätte manipulieren können?«, versuchte er hinten herum etwas über den Werdegang des Sohnes herauszubringen. Aber es gelang nicht.

»Ich habe Ihnen doch schon gesagt, dass er das niemals tun würde!«, rief die Frau, und ein zorniger Blick traf Thomas. Dann stand sie auf, holte eine Flasche Wasser und zwei Gläser und schenkte wortlos ein. Thomas sah unterdessen seine Notizen durch.

Ein Wolters, der aus dem Nichts gekommen war oder vielmehr aus der Nähe von Köln, der sich hier in dieser Familie ein neues Zuhause geschaffen hatte … »Hat Ihr Mann in Köln auch Schatzsuche betrieben?«

»Ich glaube schon, weil die Ausrüstung hat er mitgebracht.«

»Hat er in den letzten Jahren schon mal was gefunden?«

»Ich verstehe davon gar nichts, und es interessiert mich auch nicht.«

»Aber wenn er einen Schatz fände, dann würde er doch mit Ihnen feiern!«

Gabriele Kammhuber antwortete nicht, sondern sah nur traurig auf das Hochzeitsfoto. »Als ich den Ludwig kennengelernt habe, da war er ein recht liebenswürdiger und charmanter Kerl. Er hat gern geplaudert und gelacht, Witze erzählt, ein Rheinländer eben. Endlich war wieder ein bisschen Licht in meinem Leben.«

»Aber er ist nicht immer so«, warf Thomas ein, und es sollte wie eine Frage klingen, obwohl er es eigentlich von anderen auch schon gehört hatte.

Sie schüttelte den Kopf. »Wenn keine anderen Leute dabei sind, dann ist er oft verschlossen. Über sein Hobby hat er fast gar nichts gesprochen. Was heißt auch Hobby, eigentlich ist das Graben inzwischen sein Lebensinhalt. Dabei war er Installateur mit Leib und Seele, als er den Betrieb hier übernommen hat. Aber inzwischen überlässt er die Arbeit immer mehr dem Gesellen und dem Lehrling, weil er ständig am Graben ist.«

»Wo würde er einen Schatz wohl lagern?«

Sie zuckte die Schultern: »Ich habe nie gesehen, dass er was mitgebracht hat. Er ist ohnehin sehr, sehr misstrauisch, wenn es um die Schatzsuche geht. Als ob man ihm was wegnehmen könnte.«

»Aber Karim Özdag, dem hat er doch vertraut.«

Frau Kammhuber schwieg und sah so aus, als müsste sie nun ernsthaft überlegen, ob sie etwas sagte oder nicht.

»Hat er ihm vertraut?«

»Er hat gesagt, der Bursch würde sich auskennen. Auch mit der Fachliteratur. Er könne ganz schnell Funde bestimmen, und das sei manchmal wichtig.«

»Das klingt nicht nach einer engen Freundschaft.«

»Mein Mann ist nicht der Typ dafür. Der ist eher ein Einzelgänger.«

»Ist er nun gesellig oder ein Einzelgänger? Das verstehe ich nicht.«

»Ich verstehe es doch auch nicht! Ich habe einen lustigen Kerl kennengelernt und nachher hatte ich einen Stoffel daheim, da hätte ich mir auch einen Mann aus dem hintersten Wald nehmen können.«

Thomas dachte eine Weile nach. Es passte zu dem, was Freisleder über Kammhuber erzählt hatte. Der Mann hatte mehrere Gesichter. Offenbar suchte er die Nähe von Menschen, die ihm nützen konnten, so wie Karim Özdag. Seine Kontakte waren strategisch. War es auch die Ehe mit Gabriele Kammhuber gewesen? Er konnte sie schlecht danach fragen. Sie war allein gewesen, sie hatte ihm vertraut. »Hat er Ihnen jemals erzählt, woran seine erste Frau gestorben ist?«

»Die war lange krank. Das ist alles, was er gesagt hat.«

Thomas verabschiedete sich bald. Als er vor die Tür trat, atmete er erst einmal tief durch. Die Stube von Frau Kammhuber hatte voller trister Gedanken gehangen, er genoss nun die frische Luft, er blinzelte in die Sonne, er freute sich an dem hellen Licht. Ein wunderschöner Tag. Sie hätten ihn genießen können, seine Frau, seine Tochter und er. Stattdessen stand er da auf einem gepflasterten Hof in Keilberg vor seiner Familienkutsche, daneben der kleine Daihatsu von Frau Kammhuber, die ihm die Hand gab.

»Ich habe solche Angst, dass dem Michi was passiert ist. Bitte, finden Sie ihn.«

»Das ist eigentlich Sache der Polizei. Ich bin Journalist.«

»Die Polizei will meinen Sohn verhaften. Aber ich weiß, dass er unschuldig ist und wahrscheinlich sogar in Gefahr. Sie glauben mir das doch, oder?«

Thomas merkte, dass die Frau Vertrauen zu ihm gefasst hatte. Wie einsam war sie wohl, wenn sie sich an einen Journalisten wandte, den sie nur einmal gesehen hatte? Deshalb wollte er ihr nicht sagen, dass es ihm schwerfiel, ihre Sorge so ganz ernst zu nehmen. Vielleicht hatte der Sohn wirklich dem Stiefvater nach dem Leben getrachtet und seine Bremsen manipuliert, vielleicht war er jetzt untergetaucht. Trotzdem: Es wäre gut, Michael Kammhuber zu finden. Wenn auch nur deshalb, um diese Frau zu beruhigen und vielleicht zu verhindern, dass es doch noch zu einer großen Familientragödie kam, wenn er den Anschlag auf seinen Stiefvater wiederholte.

Thomas fuhr nur ein paar Hundert Meter. Dann hielt er an, schaute in die Weite und rief Jana Meyerbeer an.

»Es ist Samstag und ein Unfall an einer Autobahnausfahrt geht mich gar nichts an.«

»Auch nicht, wenn es versuchter Mord ist?« Thomas wollte sie provozieren.

Einen Moment schwieg sie, dann ein Seufzen. »Ich rufe dich in ein paar Minuten zurück.«

Thomas ging unruhig auf und ab, schickte Lisa eine Nachricht, dass es noch länger dauerte. Warum fuhr er nicht nach Hause? Warum hatte er das Gefühl, er sollte jetzt dranbleiben an der Sache, vielleicht auch gleich noch mit der Schwiegermutter von Gabriele Kammhuber reden? Das Gespräch mit ihr hatte ihn angefixt.

Sein Gefühl sagte ihm, dass da was in Bewegung war. Mehr sagte es ihm leider nicht, noch nicht. Aber in dieser Familie brodelte es. Einer lag verletzt im Krankenhaus, einer war verschwunden, die Frau verzweifelt. Der Mann, der aus dem

Nichts gekommen und hier eingeheiratet hatte … Selbst wenn das alles nichts mit dem Tod von Karim Özdag zu tun hatte: Für sich allein war das schon eine Geschichte, und er hoffte sehr, dass sie kein tragisches Ende nehmen würde.

Das Handy klingelte.

»Ja, das stimmt, die Bremsen sind manipuliert worden«, sagte Jana Meyerbeer. »Die KTU ist zwar noch nicht fertig mit dem Wagen, aber das steht bereits fest.«

»Wie kann man denn Bremsen manipulieren?«, fragte Thomas, der nicht einmal den Ölwechsel am Auto selber machen konnte.

»An den vorderen beiden Bremssätteln sind die Entlüftungsteile gelöst worden«, erzählte sie. »Bei jedem Bremsvorgang verliert das Auto etwas Bremsflüssigkeit, und irgendwann tritt der Fahrer ins Leere. Zumindest hat mir das der Kollege so erklärt.«

»Michael Kammhuber könnte es gewesen sein, er hat Ahnung von Autos.«

»Thomas, da sind die Kollegen dran. Damit habe ich nichts zu tun. Wie gesagt: Ich habe frei.«

»Aber wenn es doch mit dem Tod von Karim Özdag zusammenhängt?«

»Ziemlich weit hergeholt, oder?«

Thomas wollte ihr nicht sagen, dass er da so ein Gefühl hatte. Auf eine ironische Bemerkung zu seinen Gefühlen konnte er gut verzichten, er kam sich selbst schon albern vor mit seinen vagen Vermutungen und Spekulationen.

»Dann wünsche ich dir ein schönes Wochenende. Und danke für die Info über das Unfallauto.«

Thomas beendete das Gespräch schnell. Er wusste, dass er beleidigt geklungen hatte. Aber er wollte sich nicht noch fragen lassen, warum er eingeschnappt war. Er fühlte sich mit seinem komischen Gefühl einfach so allein.

Westheim. Ganz ohne -straße hintendran. Einfach nur Westheim in Regensburg. Obwohl es eine Straße war. Autos, die ziemlich mutig parkten. Wer mit dem Wagen durchwollte, musste Slalom fahren und sehr langsam. Spielende Kinder. Thomas hielt irgendwo an. Er stieg aus und suchte die Hausnummer, die er sich aus dem Internet gefischt hatte. Noch bevor er klingeln konnte, kam eine stattliche Frau um die 70 aus dem Haus, ging den gepflegten Gartenweg entlang zum Türchen und musterte ihn streng. »Suchen Sie etwas?«

»Mein Name ist Thomas Reitinger, ich bin Journalist.«

»Das beantwortet nicht meine Frage.«

»Ich möchte gerne mit Michael Kammhuber sprechen.«

»Mein Enkel ist nicht da.« Damit wandte sie sich ab und wollte zurück zur Haustür gehen.

»Haben Sie auch Angst um ihn, so wie seine Mutter?«

Die alte Frau blieb stehen und wandte sich um. Ihre graumelierten, hochgesteckten Haare wippten leicht, während sie Thomas von oben bis unten musterte. »Wollen Sie eine Tasse Tee?«

Die erste Viertelstunde gehörte einer sehr allgemeinen Schilderung all dessen, was Ludwig Wolters im Vergleich zu ihrem verstorbenen Sohn nicht war und weshalb es ein Unglück gewesen war für die Schwiegertochter, diesen Taugenichts zu heiraten. Die zweite Viertelstunde gehörte all den Vorzügen des Enkels, der auf keinen Fall die Bremsen am Fahrzeug des Stiefvaters manipuliert haben konnte, auch wenn er jedes Recht der Welt besessen hätte, dies zu tun. Denn »dieser Kölner«, wie sie ihn nannte, hatte Michael sein Elternhaus und seine Mutter genommen, und es war ein Glück, dass die Großeltern damals noch vital genug waren, um ihm eine neue Heimat zu geben.

Thomas ließ das alles geduldig über sich ergehen, er hatte es ja nicht anders gewollt. Derweil sah er sich die Einrichtung des Wohnzimmers genauer an. Schon im Flur war ihm die stattliche Anzahl von Geweihen aufgefallen, und selbst hier schmückten in erster Linie tote Tiere die Wände, vereinzelt ein Familienfoto dazwischen. Auf den meisten war Michael Kammhuber zu sehen, als Kind, als Jugendlicher, als junger Erwachsener, mal mit Großvater, mal mit Großmutter, mal mit dem verstorbenen Vater. Niemals mit seiner Mutter oder mit »diesem Kölner«.

»Haben Sie Ahnung von der Jagd?«, fragte die alte Frau Kammhuber, als sie Thomas' Blick bemerkte, der auf einem besonders großen Geweih ruhte.

»Nein, überhaupt nicht.«

»Aber Sie wissen schon, dass die Jäger die wahren Naturschützer sind, oder? Das wäre mal eine Geschichte wert!«

Thomas wagte nicht zu widersprechen, als er den Blick der Frau bemerkte, und er fragte sich einen Moment, ob es für Michael wirklich so viel besser gewesen war, unter der Fuchtel seiner Großmutter erwachsen zu werden als neben einem ungeliebten Stiefvater.

»Ihr Mann hatte doch früher eine Autowerkstatt«, sagte Thomas, und Frau Kammhuber verstand sofort, worauf er anspielte, und sah ihn wütend an: »Nur weil Michael vor Jahren bei seinem Opa ein paar Monate Automechaniker gelernt hat, bringt er noch lange nicht diesen Kölner um, auch wenn der das verdient hätte!«

»Wieso hätte er denn das verdient?«

»Haben Sie mir vorher nicht zugehört?« Jetzt drehte die alte Frau richtig auf. Thomas musste zugeben, dass er den toten Tieren an der Wand mehr Aufmerksamkeit geschenkt hatte als der Frau und ihrem Schimpfen.

»Und wenn Sie schon nicht zuhören können, wie wäre es dann mit ein bisschen Beobachtungsgabe und Einfühlungsvermögen?« Jetzt wurde sie unverschämt, fand Thomas, aber wenigstens hörte er jetzt zu, was noch an Beleidigungen kam. »Es muss Ihnen doch aufgefallen sein, dass Michaels Mutter eine völlig verschreckte Frau ist, die sich von ihrer Umgebung zurückgezogen hat, die für sich alleine ist und diesem Mann ausgeliefert. Hat sie denn zufälligerweise einmal keine blauen Flecken an Armen und Beinen gehabt? Oder hat Sie Ihnen auch erzählt, sie sei gestürzt?«

Thomas schluckte. Er schämte sich für seine Naivität. Warum hatte er ihr gleich geglaubt, dass der Bluterguss von einem Sturz herrührte? Die Frage, warum Gabriele Kammhuber ihren Mann nicht verließ, wenn er sie schlug, lag ihm auf der Zunge, aber er wagte es nicht, sie zu stellen, denn auch sie klang nicht sehr einfühlsam, fand er selbst. Aber er musste keine Fragen mehr stellen, die Antworten kamen auch so.

»Ich kann Ihnen leider nicht sagen, warum sie diesen Mann nicht verlässt. Einmal hat sie versucht, ihn loszuwerden, wollte sich scheiden lassen, aber offenbar hat er es doch wieder geschafft, sie rumzukriegen. Er war ein Nichts, als sie sich kennenlernten, Hausmeister in einer Wohnanlage. Er hat in einen florierenden Betrieb eingeheiratet. Viele sagen, er sei ein guter Installateur, aber er ist trotzdem ein schlechter Mensch. Was wissen wir von ihm, außer dass er nichts hatte und seine erste Frau verstorben ist?«

Die alte Frau Kammhuber stand auf und kramte ein Foto aus einer Schublade: das Hochzeitsfoto ihres Sohnes. Thomas erschrak, als er auf dem Bild die junge Frau Kammhuber sah. Eine schöne Frau mit einem fröhlichen Lachen und einem offenen, herzlichen Blick. Ja, sie hatte sich verwandelt, als hätte jemand die Farbe aus ihrem Leben gedreht.

»Michael fleht sie jede Woche an, das Monster zu verlassen. Aber irgendetwas hält sie bei diesem brutalen Menschen. Mit Liebe kann das nichts zu tun haben. Sie könnte vorübergehend auch bei mir hier wohnen, sie könnte ihn auch hinauswerfen, es gehört ihm nichts, nicht das Haus, nicht die Werkstatt.«

Thomas sah sie überrascht an, und die alte Frau lachte böse. »Ja, so schlau war Gabriele dann doch, dass sie bei der Heirat alles behalten hat. Da war die Fürsorge für ihren Sohn größer als die Liebe zu diesem Mann.«

Frau Kammhuber räumte das Foto gleich wieder weg. »Es tut mir immer wieder weh, wenn ich die beiden sehe, wie glücklich sie waren. Und jetzt möchte ich, dass Sie gehen. Ich muss mich ein bisschen ausruhen.«

Thomas nickte und stand auf. »Könnte ich noch Ihre Toilette benutzen, bitte?« Er hatte eigentlich schon bei der anderen Frau Kammhuber gehen wollen, es dann aber wieder vergessen und sich gescheut, in Keilberg einfach so auf der Wiese seine Spuren zu hinterlassen.

»Sie müssen nach oben, die Gästetoilette im Eingangsbereich ist defekt.«

Thomas ging die mit Teppich belegte Treppe hinauf, während Frau Kammhuber das Teegeschirr wegräumte. Er hörte ein leises Röcheln. Neugierig ging er den Flur entlang und linste in ein Zimmer, dessen Tür etwas offen stand. Ein alter Mann lag in einem Pflegebett, die vielen Utensilien, die um ihn herum aufgebaut waren, ließen ahnen, dass er auf Hilfe angewiesen war. Vermutlich Michaels Großvater, der sehr krank zu sein schien. Thomas schämte sich seiner Neugier; er hoffte, dass ihn der Mann nicht bemerkt hatte, und ging weiter.

»Die hintere Tür rechts«, schallte es von unten, denn offenbar hatte Frau Kammhuber mitgekriegt, dass er die Toilette noch nicht gefunden hatte. Thomas aber musste auf einmal gar nicht mehr. Er drückte leise die nächste Klinke in der Hoffnung, Michaels Zimmer zu finden. Doch es war eine Art Bauernstube. Holzbank ums Eck, gemütlicher Tisch, noch mehr Geweihe und ausgestopfte Tiere an der Wand, Marder, Iltis, Dachs, Eichelhäher und Eichhörnchen, Bilder vom Wald, von Tieren – und ein Waffenschrank. Verschlossen zwar, wie es sich gehörte, aber gut bestückt.

Thomas hörte, dass Frau Kammhuber die Treppe heraufkam. Sie traute ihm offenbar nicht – und zwar zu Recht. Er schloss schnell die Tür und schlüpfte ins Bad. Als er wieder herauskam, stand sie im Flur.

»Ich bringe Sie noch raus«, sagte sie. Die Tür zum Schlafzimmer ihres Mannes hatte sie geschlossen.

Thomas hätte so gerne seine Gedanken sortiert, seine Notizen abgetippt, die Teile des Puzzles, die er gefunden hatte, zusammengesetzt. Aber es war schon Nachmittag – und er hatte ein schlechtes Gewissen. Lisa und Paula waren alleine zu Hause und warteten sicher schon auf ihn. Er rief an.

»Wir sind am Spielplatz, alles wunderbar«, sagte Lisa.

»Dann fahre ich jetzt heim, telefoniere noch ein bisschen, schreib meine Notizen ab – und freue mich auf euch.«

»Kannst du deine Mutter noch fragen, ob sie Paula über Nacht nimmt? Ich würde gerne Zeit mit dir allein haben.«

Thomas wurde stutzig. Zeit allein … Was war heute für ein Tag? Er blätterte in seinem Kalender und erschrak. Ihr Kennenlerntag. Wie konnte er das nur übersehen! Kein Wunder, dass Lisa am Morgen so reserviert gewesen war.

»Klar«, sagte er eifrig. »Das macht sie bestimmt gern.«

Es war nicht ganz so einfach, wie Thomas sich das vorgestellt hatte. Aber als er seine Mutter beschwor, wie wichtig es für seine Ehe wäre, wenn Lisa und er am Abend ein bisschen feiern könnten, da war Therese einverstanden.

»Ich bin nicht mehr so jung und ich schlafe gerne durch, das ist mit Paula nicht so einfach«, sagte sie zur Erklärung.

»Das vergess ich dir nie«, kam als Antwort von ihrem Sohn, und dabei war klar, dass er es in dem Moment eigentlich schon vergessen hatte.

Thomas holte zu Hause den Armreif heraus, den er auf dem Mittelaltermarkt gekauft hatte. Er packte ihn so gut er konnte in Geschenkpapier, band eine Schleife drum und bestellte einen Tisch im Orphée. Lisa wollte bestimmt nicht mit ihm auf dem Sofa abhängen. Also duschen, rasieren, ordentlich anziehen …

»Was ist denn mit dir los?«, fragte Lisa erstaunt, als sie mit Paula in der Tür stand. Thomas strahlte sie an. »Alles Liebe zum Kennenlerntag. Wir beide gehen aus!«

Lisa wirkte zwar reichlich geplättet, freute sich dann aber doch über den Armreif, behauptete, dass sie damit gar nicht gerechnet hatte und ihr auch die Blumen nicht fehlten, die er vergessen hatte. Zum Tisch im Orphée sagte sie gar nichts, aber da Thomas wusste, dass sie gerne ausging, nahm er an, müsste sie mehr als zufrieden mit seiner Entscheidung sein.

Lisa verschwand gerade im Bad, um sich ausgehfertig zu machen. Vielleicht hatte er jetzt noch die Gelegenheit, seine Gedanken zum Fall Karim Özdag und zur Familie Kammhuber zu sortieren. Doch da klingelte das Telefon.

»Gabriele Kammhuber hier. Ich wollte Ihnen nur sagen, dass der Michi wieder da ist.«

Thomas hörte die Erleichterung in der Stimme der Frau. »Das freut mich für Sie. Ihnen fällt bestimmt ein Stein vom Herzen.«

»Er war bei einem Studienkollegen in Neutraubling, mit dem musste er noch was für die Uni machen.«

»Das ist aber ungewöhnlich, wenn er eigentlich jeden Samstag zu Ihnen kommt.«

Gabriele Kammhuber schwieg zunächst, vermutlich hatte sie denselben Gedanken gehabt. »Er hat vergessen, mir Bescheid zu geben. Aber jetzt ist er doch gekommen.«

»Was sagt er denn zum Unfall Ihres Mannes?«

»Dass er nichts damit zu tun hat. Aber das habe ich mir ja schon gedacht.«

Noch einmal bedankte sie sich fürs Zuhören und für seine Mühe, Michael zu finden – wobei er sich keine Mühe gegeben hatte, wie er sich eingestehen musste. Schließlich schien es ihm sehr plausibel, dass der junge Mann die Bremsen am Wagen des Stiefvaters manipuliert hatte und dann abgetaucht war. In jedem Fall war er alt genug, um auf sich selbst aufzupassen. Nach Verschwundenen zu suchen, war auch gar nicht so einfach, das überließ Thomas gerne der Polizei.

Lisa sah müde aus, als sie aus dem Bad kam. Und sie war noch längst nicht fertig mit dem Make-up. Er fand seine Frau zwar schön so, wie sie jetzt aussah, aber ihm war klar, dass sie keineswegs mit ihrem Aussehen zufrieden war und sich so nicht in der Öffentlichkeit zeigen würde.

»Bist du sehr böse, wenn ich dir sage, dass ich keine Lust zum Ausgehen habe?«

»Ist dir nicht gut?« Thomas war sehr besorgt. Es war absolut selten, dass Lisa zu Hause bleiben wollte. Der Couchhocker in der Familie war doch er.

Lisa kam näher und lehnte sich an ihn. Er legte die Arme um sie und hatte das Gefühl, dass sie ihm irgendetwas sagen wollte. Aber zugleich darauf wartete, dass er von selbst darauf kam. Das waren die schwierigsten Momente für ihn. Wenn er so gar keine Ahnung hatte, worum es jetzt ging.

»Soll ich uns was vom Thai kommen lassen?«, fragte Thomas, denn bei ihm half Essen fast immer.

»Danke, aber ich habe keinen Appetit.«

»Gut, dann hole ich wenigstens eine Flasche Cremant aus dem Keller, damit wir auf unseren Kennenlerntag anstoßen können.«

»Für mich reicht ein Glas Wasser. Und du trinkst doch sowieso lieber Bier.«

Jetzt begann Thomas endlich, auch privat die Puzzleteile zusammenzusetzen. Arztbesuch, Babywäsche sortieren, keine Lust zum Ausgehen, Wasser statt Cremant …

»Bist du schwanger?«

»Gut kombiniert«, antwortete Lisa.

»Ich bin ein Trottel. Ich hätte es schon gestern merken können, aber ich war so abgelenkt durch den Fall …«

»Freust du dich?«

Thomas horchte in sich hinein. »Ich bin jetzt ein bisschen …«

»… überfordert, ich weiß«, seufzte seine Frau. Thomas drückte sie an sich. »Aber ein zweites Kind ist genau das, was uns noch zum Glück fehlt.« Und eine neue Wohnung, dachte er und erschrak. Die Suche nach einer neuen Bleibe wurde dadurch natürlich noch drängender. »Sagst du es morgen deinen Eltern?«

»Nein, das bleibt erst einmal unser Geheimnis. Sonst übernimmt mein Vater die Regie in unserem Leben.«

»Danke, dass du uns davor bewahrst.«

Einen Moment standen sie da, aneinander gelehnt, schweigend. Dann hob Lisa den Blick. »Dieses Mal möchte *ich* gerne Elternzeit nehmen.«

Thomas nickte. »Aber ein paar Monate haben wir ja noch, um das alles zu regeln, oder?«

Lisa nickte: »Es wird wahrscheinlich ein Christkindl.«

10. Kapitel

Thomas wurde an diesem Sonntag auch ohne Paula frühzeitig wach. Lisa und er hatten noch bis spät in die Nacht geredet, er hatte sich mehrmals für seine unsensible Art entschuldigt, aber Lisa nahm es gelassen. Sie würden sich ja schon eine Weile kennen, sagte sie, deshalb wisse sie auch, was sie von ihm erwarten könne und was nicht. Er habe eben andere Vorzüge. Als er diese abfragen wollte, hatte sie allerdings keine Lust, darauf genauer einzugehen.

Er konnte nicht mehr einschlafen, also beschloss er aufzustehen. Jetzt war noch Zeit, die Notizen seiner Gespräche von gestern durchzusehen. Denn das hatte er nicht mehr geschafft. Er blätterte in seinen Zetteln und schrieb auf, was ihm noch fehlte.

Woher kam Ludwig Kammhuber alias Wolters genau und wie hatte er gelebt, bevor er bei Gabriele Kammhuber und ihrem Sohn auftauchte? Offenbar wusste die Frau gar nichts von dem Mann, den sie geheiratet hatte, außer dass er Witwer und Installateur war. Aber sonst? Sie kannte niemanden aus seiner Familie und auch nicht seinen genauen früheren Wohnort. Er würde das nachholen.

Dann würde er gerne diesen Michael Kammhuber kennenlernen, der so plötzlich verschwunden und ebenso plötzlich wiederaufgetaucht war. Bisher hatte er nur gehört von dem jungen Mann. Von der früheren Schulfreundin in Keilberg, von seiner Mutter und von seiner Großmutter. Aber Michael selbst lief in dieser rätselhaften Familiengeschichte wie ein Phantom herum.

Leider würde er heute ja keine Zeit haben, um die Großmutter noch einmal aufzusuchen in der Hoffnung, den Enkel anzutreffen. Sonntag war Familientag. Heute in erweiterter Form mit Lisas Eltern.

Thomas seufzte. Er hätte nichts gegen einen schönen Tag mit Lisa und Paula, aber dass seine Schwiegereltern aus Passau kamen, das machte diesen freien Tag sehr stressig. Er konnte sich nicht entziehen. Gerade jetzt durfte er Lisa nicht alleinlassen mit der immer etwas beleidigten Mutter und dem großspurigen Vater. Obwohl: Lisa selbst fand ihre Eltern zu Thomas' Erstaunen gar nicht so schlimm und schaffte es, den alten Haberland gut im Zaum zu halten mit ein oder zwei scharfen Bemerkungen. Dafür bewunderte er seine Frau sehr, denn er selbst konnte angesichts der Übergriffigkeit seines Schwiegervaters nur schweigen oder sich verdrücken. Obwohl er sich vorher sehr entspannte, souveräne Antworten überlegte, lief es immer darauf hinaus, dass er entweder resignierte oder innerlich kochte. Voller Dankbarkeit dachte er wieder an seine Mutter, die ihm zwar manchmal sehr auf den Zwirn ging und mit würzigen Kommentaren nicht sparte, ihn aber sein Leben so gestalten ließ, wie er das für richtig hielt.

Seine Gedanken kehrten zurück zu den gestrigen Begegnungen und zu dem, was er inzwischen selbst *seinen Fall* nannte, auch wenn er es nicht laut sagte. Letztlich ging es um den Tod von Karim Özdag. Die Crystal-Meth-Spur, so heiß sie zwischendurch ausgesehen hatte, kam ihm nun eiskalt vor. Das hatte sein Riecher ihm von Anfang an gesagt und er hatte ihn nicht getrogen. Sollte Aschenbrenner sich ruhig weiter damit abmühen.

Die heiße Spur führte eher zu Wolters, der nun Kammhuber hieß, ein Mann, der seine Frau verprügelte. War er auch anderen Menschen gegenüber gewalttätig geworden? Vielleicht war sogar etwas aktenkundig? Aber Karim Özdag konnte er nicht einfach so im Affekt halbtot geschlagen und in die Donau geworfen haben. Er war schließlich den ganzen Tag mit seiner Frau unterwegs gewesen, in der Öffentlichkeit, bestimmt hatten viele Menschen sie gesehen. Und abends hatte er das Haus nicht mehr verlassen. Außerdem: Was sollte das Motiv gewesen sein?

Ob er und Karim Özdag beim Sondengehen etwas Bestimmtes gesucht und vielleicht sogar gefunden hatten? Ob sie sich über den weiteren Umgang mit dem Fund uneins geworden waren? Oder ging es um etwas ganz anderes, von dem er keine Ahnung hatte? Wo sie gegraben hatten, wusste er immer noch nicht. Da der Unfallwagen in der KTU stand, würde er nicht vor Montag an die Daten des Navis herankommen, wenn Jana ihm dabei überhaupt half. Er notierte sich, dass er bei Sandra Rossbach nachfragen würde. Zwar hatte sie erwähnt, dass ihr Mann und sein Kompagnon meistens nur mit Kammhubers Wagen zur Schatzsuche fuhren, doch vielleicht hatte es ja die ein oder andere Ausnahme gegeben.

Kammhuber war von Regensburg aus in Richtung Süden unterwegs gewesen, als er auf dem Weg zur Schatzsuche mit seinem Wagen verunglückte. In der Autobahnausfahrt Hausen hatten seine Bremsen versagt, und er war von der Fahrbahn abgekommen, gegen die Leitplanke geknallt. Nichts Dramatisches, aber es reichte für ein Wochenende im Krankenhaus. Besuchen wollte er den Mann auf keinen Fall. Er war sicher, dass der nichts preisgeben würde.

Was trieb diese Schatzsucher an? Thomas erinnerte sich an die Abbildung, die er bei Kammhuber in der Werkstatt gesehen hatte. Er lud das Foto von seinem Handy auf den PC, vergrößerte es. Dann schlug er das Buch aus der Stadtbücherei da auf, wo ein ähnlicher Fund abgebildet war. Hortfund aus Langquaid mit Beiltypus »Langquaid«. Er holte die Landkarte heraus. Ausfahrt Hausen, von dort war es nicht mehr weit nach Langquaid. Konnte man in der Gegend so etwas noch einmal finden? Wenn ja, konnte man es auch verkaufen und Reibach damit machen? Oder nur bei den Eingeweihten Ruhm und Ehre einheimsen?

Er brauchte einen richtigen Fachmann, da führte kein Weg dran vorbei. Das Gespräch mit Freisleder hatte nicht so viel gebracht, wie er sich erhofft hatte. Er war angewiesen auf klare Informationen von einem, der sich auskannte.

»Ich dachte, du bringst mir einen Tee ans Bett«, hörte er Lisa hinter sich. Er sah sie in der Tür stehen.

»Leg dich wieder hin, ich komme sofort mit dem Frühstück.«

»Du kannst es einfach nicht lassen.«

»Es sind so viele Fragen offen. Außerdem habe ich das Gefühl, dass es pressiert. Der Unfall von Kammhuber, das war so ein Auslöser. Irgendwas liegt in der Luft.«

Lisa setzte sich zu ihm. »Was würdest du jetzt gerne tun?«

»Dir ein Frühstück machen.«

»Unsinn, was würdest du wirklich gerne tun?«

»Paula bei meiner Mutter abholen.«

»Noch mal: Was würde der leidenschaftliche Journalist Reitinger jetzt gerne tun?«

Thomas überlegte. »Andrea anrufen, ob sie für mich recherchieren kann. Wachter anrufen, weil der mal Archäologie studiert hat, und die Frau Rossbach anrufen wegen der Navi-Daten.«

»Dann mach das. Ich kümmere mich ums Frühstück und hole Paula.«

»Das kann ich nicht von dir verlangen.«

»Stimmt, aber ich kann es dir anbieten. Bleib jetzt einfach mal an deiner Geschichte dran.«

»Ich habe genug damit zu tun, meinen Sonntagsdienst hinter mich zu bringen«, klagte Andrea. »Jetzt kommst du mir mit deinen blöden Recherchen.«

»Bitte, es ist wirklich dringend.«

»Dann komm rein und wühl dich selbst durch die Archive, wenn es so pressiert.«

Thomas schwieg. Natürlich hatte Andrea Recht. Er könnte von zu Hause recherchieren oder auch in die Redaktion fahren, er könnte es auch auf Montag verschieben …

»Tut mir leid, dass ich dich gefragt habe.« Thomas gab sich einsichtig. »Ich dachte, wenn eine schnell herausfindet, ob es in Köln oder Umgebung einen Ludwig Wolters gegeben hat …«

»Jaja, dann bin ich das, weil ich bin die Beste und die Tollste, und was ich recherchiere, hat Hand und Fuß.«

»Genau das wollte ich sagen.«

»Alles klar, du Schleimer.«

Schweigen. Thomas wusste, dass nun nichts mehr zu machen war. »Vergiss es einfach«, sagte er. »Ich wünsche dir einen schönen Sonntag und danke, dass du mir überhaupt zugehört hast.«

Thomas legte auf. Er war sicher, dass Andrea recherchieren würde, wenn sich irgendwo ein Zeitfenster ergab. Dazu war sie selbst viel zu interessiert. Er hatte sie auf die Spur gesetzt, alles andere kam von selbst.

Von Sandra Rossbach hatte er nur die Festnetznummer und unter dieser war sie nicht zu erreichen. Er sprach aufs Band, beschloss aber, es im Laufe des Tages noch ein paar Mal zu versuchen.

Dann rief er seinen alten Freund Wachter in Helmering an. Wohlweislich nahm er da die Handynummer, denn er wollte keinesfalls Wachters Frau auf den Plan rufen, die eine Störung am Wochenende sicherlich als besonders ungehörig empfand. Gerade weil ihr Mann als Arzt ständig angerufen wurde, leuchtete ihr Thomas' Notfall sicher nicht ein.

»Was gibt's denn, Reitinger?«, meldete sich Richard Wachter und klang so, als hätte Thomas ihn aus dem Bett geholt.

»Du hast doch erst Archäologie studiert, bevor du dich auf die Kranken gestürzt hast.«

»Das mit dem Ausgraben von Scherben, das war nichts für mich«, antwortete Wachter. »Ich hab aber vom Freisleder gehört, dass du dich neuerdings dafür interessierst.«

»Es ist wegen eines Mordfalls.«

»Den du nicht klären musst, Reitinger. Dafür gibt es die Polizei.«

»Aber weil ich darüber schreibe, bräuchte ich ein paar fachkundige Auskünfte zu archäologischen Fragen.«

Wachter lachte laut, er konnte sich gar nicht mehr beruhigen. »Du hast jetzt aber nicht gedacht, dass ich dir weiterhelfen könnte, oder?«

»Eigentlich schon«, antwortete Thomas beleidigt, weil er das gar nicht so lustig fand.

»Du hast doch mal Jura studiert, Thomas. Wenn ich dich jetzt was Juristisches frage, könntest du mir dann helfen?«

Sicher nicht, dachte Thomas und begrub damit seine Hoffnung, in Wachter einen kompetenten Gesprächspartner zu haben. »Vielleicht kennst du jemanden, der mir helfen könnte?«

»Ein Spezl von mir leitet das Heimatmuseum in Kelheim. Der kennt sich sehr gut aus.«

»Mit dem müsste ich reden – und zwar so schnell wie möglich.«

Thomas hörte, wie Lisa mit Paula zurückkam, und am Rascheln glaubte er auch zu vernehmen, dass sie beim Bäcker gewesen waren. Lisa versuchte, Paula zu ermahnen, erst Jacke und Schuhe auszuziehen, bevor sie ins Wohnzimmer lief, aber Paula war schneller und mit einem lauten »Papa« stürzte sie sich auf ihn.

»Ich hör schon, du bist gerade im Familienmodus.«

»Du etwa nicht?«

»Nein, meine Frau ist mit den Kindern für ein paar Tage zu ihren Eltern gefahren. Ich kann leider wieder mal nicht mit.«

»Ich hör das Bedauern in deiner Stimme.«

»Weil mir aber allein am Sonntag fad ist und dem Hirthammer bestimmt auch, weil der Junggeselle ist, würde ich Folgendes vorschlagen. Ich ruf ihn an, und wir verabreden uns für den Frühschoppen beim Hitzlkofer.«

Thomas drückte Paula fest an sich, um sein aufsteigendes schlechtes Gewissen zu unterdrücken. Lisa kam herein, die Brötchentüte in der Hand, und lächelte ihm zu.

»Ich weiß nicht recht …«

»Vielleicht ist es besser so«, sagte Lisa, als sie beim Frühstück saßen und er ihr von seinem Termin erzählt hatte. »Du und mein Vater, das passt doch sowieso nicht, und wenn du arbeiten musst, dann bist du eben weg, und er kann dir nicht andauernd die Welt erklären.«

Thomas zögerte noch, aber Lisa schien es wirklich ernst zu meinen.

»Fahr nach Helmering. Aber trink bitte nichts. Wir brauchen dich noch.«

Während Thomas seine Sachen zusammensuchte, kam Lisa noch einmal zu ihm. »Übrigens. So wie Therese mich gerade angesehen hat, ahnt sie schon wieder was. Genau wie beim letzten Mal.«

»Meine Mutter und ihre Antennen«, antwortete Thomas. »Da kannst du mal sehen, wie schwer ich es als Jugendlicher gehabt habe. Vor ihr war kein Geheimnis sicher.«

Thomas zog sich in eine Ecke des Wirtshauses zurück und wartete dort mit seinem alkoholfreien Bier auf Wachter und Hirthammer. Aber Freisleder entdeckte ihn gleich beim Eintreten: »Magst nimmer bei uns am Stammtisch sitzen?«

»Ich hab nachher ein dienstliches Gespräch.«

»Dann kannst immer noch in die Ecke gehen. Jetzt komm erst einmal her.« So saßen sie dann da und wussten sich nichts zu erzählen.

»Bist weitergekommen mit deinem Fall?«, wollte Freisleder wissen, und Thomas schüttelte den Kopf in der Hoffnung, der frühere Mesner würde bald gehen. Aber warum sollte er? Daheim wartete niemand auf ihn. Stattdessen kam auch noch Hans Neubauer dazu und schwieg mit ihnen um die Wette in Erwartung dessen, was der Reitinger ihnen mit seinem Termin noch würde liefern können.

Benedikt Hirthammer erfüllte alle Kriterien, die man im Freistaat an einen Heimatpfleger stellte, wenn er dem Klischee entsprechen sollte. Er war mittelgroß mit einem gepflegten Bierbauch, trug einen Trachtenanzug, das weiße Hemd mit Hirschhornknöpfen. Seine Frisur bestand aus diesem Haarkranz, den die meisten Männer inzwischen ganz kurz rasierten, weil sie dachten, das sähe cooler aus, als mit der Frisur ihrer Großväter herumzulaufen. Er war sauber rasiert, was sein Doppelkinn und seine kräftigen Wangen gut zur Geltung brachten. Aber in seinen Augen sah man die Klugheit des Mannes, der es sich zwar auf seinem Posten schön eingerichtet hatte, aber das Leben und den Beruf so weit liebte, dass er sich noch nicht frustriert aufgegeben hatte.

»Servus, miteinander«. Er klopfte mit der Faust auf den Stammtisch und setzte sich. Wachter nickte nur und setzte sich daneben.

Thomas betrachtete den Fachmann in archäologischen Fragen mit einer Mischung aus Bewunderung und Irritation. Hirthammer war wie Wachter auch etwa sein Jahrgang, schließlich hatten die beiden zusammen studiert. Aber er wirkte, als gehörte er einer anderen Generation an, als der Bauch noch für ein Zeichen des Wohlstands gehalten wurde und man den Trachtenanzug so selbstverständlich trug wie später die Jeans. Reitinger strich sich über sein allmählich ergrauendes Haar, das zwar etwas dünner geworden war, aber im Vergleich zu dem von Hirthammer wie eine wilde Mähne wirkte. Gut, sein Gesicht war nicht so sauber rasiert und seine Hände waren auch nicht so gepflegt, aber ihm hätte man immer schon viel, viel Geld zahlen müssen, damit er einen solchen Janker angezogen hätte. Dennoch wirkte dieser Mann voll und ganz mit sich im Reinen, viel mehr als er, der Zweifler, der Grübler, der Feigling, der nicht wusste, ob er nun Karriere machen wollte oder nicht, ob er aufs Land ziehen oder in der Stadt bleiben, ob er kämpfen oder nachgeben sollte.

»So, was möchten Sie denn wissen?«, fragte Hirthammer, nachdem er den ersten Schluck Bier genommen und sich mit Wachter ein kleines Geplänkel über die Vor- und Nachteile des Alleinlebens geliefert hatte. Sein Blick blieb bei Reitinger hängen.

»Vielleicht sollten wir uns an einen anderen Tisch setzen, damit wir die anderen nicht langweilen«, schlug Thomas vor, um Freisleder und Neubauer loszuwerden.

»Ihr langweilt uns doch nicht!«, rief Freisleder spontan, und Neubauer sah das offenbar ähnlich. »Wir zwei allein, das ist doch auch fad.«

Freisleder setzte noch einmal nach: »Geheimnisse habt ihr doch keine, oder?«

Thomas wusste, dass da nichts zu machen war. Selbst wenn sie an einen anderen Tisch wechselten, die beiden würden zuhören oder zumindest versuchen, möglichst viel mitzubekommen. Also fügte er sich in sein Schicksal.

»Es geht um Ausgrabungen rund um Regensburg.«

»Da kenn ich mich aus«, antwortete Hirthammer selbstbewusst und trommelte mit seinen kurzen, fleischigen Fingern auf die Tischplatte.

Thomas überlegte. Er wollte nicht mit der Frage nach dem Beil von Langquaid einsteigen. Er war sicher, Freisleder würde Lunte riechen, weil er ihm bei seinem ersten Besuch ja ein Foto gezeigt hatte, auf dem eines dargestellt war. Wenn der frühere Mesner ahnte, dass die Geschichte heißer war als

Thomas zunächst behauptet hatte, dann brauchte er darüber nichts mehr zu schreiben, denn Freisleder war schneller als jede Zeitung. Thomas näherte sich seinem Thema mehr allgemein.

»Wenn ich mitten in Regensburg ein Grundstück hätte und würde da graben, was könnte ich finden?«

Hirthammer lachte kurz. »Da braucht man nicht mehr nach Gold zu suchen, wenn man ein Grundstück mitten in der Stadt hat, weil da ist das Grundstück schon Gold wert.«

Richard Wachter grinste sich eins, dann zog er sein Smartphone heraus und begann, seine Mails zu lesen. Offenbar interessierte ihn die ganze Geschichte gar nicht. Er hatte den Schul- und den Studienfreund zusammengebracht, jetzt lehnte er sich zurück, las, tippte und genoss sein Bier.

Thomas setzte neu an. »Wenn ich aber archäologisch interessiert wäre …«

»Römer«, sagte Hirthammer nur. »Aber das weiß doch jeder.«

»Könnte es auch was von den Kelten sein?«

Hirthammer überlegte kurz. »Die Kelten waren nicht so wohlhabend wie die Römer, die haben also nicht so viel gehabt. Die findet man mehr um die Stadt herum. Aber auf den Keltenschanzen …«

Als er Thomas' fragenden Blick bemerkte, fügte er hinzu: »Sie kennen das doch bestimmt noch aus der Schulzeit. Eine Keltenschanze ist – jetzt mal laienhaft ausgedrückt – so ein viereckiger Wall oder Graben. Die sieht man oft auf Wiesen oder im Wald. Obwohl: Wenn man's nicht weiß, übersieht man die auch schnell.«

»Was ist mit den Keltenschanzen?« Thomas wollte zum Thema zurück.

»Da liegen eben auch nicht gerade Schätze herum. Wobei man da sowieso nicht graben darf, weil es Bodendenkmäler sind.«

»Das stimmt«, mischte sich Sepp Freisleder ein. »Ein echter Schatzsucher würde so was auch nicht machen, der hält sich an die Vorschriften.«

»Das wäre mir neu«, brummte Hirthammer, »dass diese Plünderer sich an irgendwelche Gesetze halten. Die nehmen doch, was sie finden können.«

»Das sind nur ganz wenige schwarze Schafe«, gab Freisleder heraus. »Die anderen holen sich Genehmigungen, wenn's welche braucht, und wenn sie was finden, dann geben sie es auch ab.«

»Vorher machen sie noch alles kaputt …«

»Der Thomas wollte dich was fragen«, unterbrach Richard Wachter seinen Schuldfreund klar. »Mit dem Freisleder kannst später noch streiten.«

»Wenn zwei nicht dieselbe Meinung haben, dann haben sie halt nicht dieselbe Meinung«, warf Hans Neubauer ein und kam sich sehr weise vor.

Thomas war wieder an der Reihe. Er selbst hatte sich nicht durchsetzen können, aber der Dorfdoktor hatte sie alle wieder auf Spur gesetzt, bevor er sich erneut in sein Handy vertiefte.

»Was könnte ich denn finden?«

»Steine oder Scherben«, antwortete Hirthammer, und zum ersten Mal bereute Thomas es, dass er sich auf dieses Treffen eingelassen hatte. Da wäre er ja besser an die Uni gegangen und hätte mit einem vielleicht weniger originellen, dafür aber kooperativeren Gesprächspartner geredet. »Im besten Fall eine Hausmauer oder so was.«

»Eine Haarnadel oder eine kleine Statue, kann das auch sein?«

»Freilich, gibt's auch.«

»Was ist draußen vor der Stadt? Sagen wir mal …« Thomas tat so, als müsste er etwas überlegen. »Was wäre, wenn ich so in der Schierlinger oder Eggmühler Gegend graben würde?«

Sepp Freisleder schaute weiter mit wachen Augen zwischen Thomas und dem Heimatpfleger hin und her und schien sich sehr genau zu merken, was da gesprochen wurde. Vielleicht gab es noch einen anderen alten Kumpel, den er mit Informationen versorgen wollte, vermutete Thomas, auch wenn Freisleder selbst nicht mehr mit einem Metalldetektor durch die Wälder lief.

»In der Nähe von Eggmühl könnte man noch was aus der Napoleonischen Zeit finden, mit ein bisschen Glück«, murmelte Hirthammer, nahm einen Schluck und hob sein leeres Glas. Der Wirt nickte nur und machte sich an die Arbeit.

»Aber da gab's doch auch schon ältere Funde.« Thomas hatte das Gefühl, dass man seinem Informanten wirklich jedes Wort aus der Nase ziehen musste.

»In der weiteren Umgebung kann man vielleicht auch das ein oder andere schöne Stück aus der Bronzezeit finden«, nickte Hirthammer.

»So was wie die Himmelsscheibe von Nebra«, mischte sich Freisleder ein, der offenbar auch sein Wissen unter Beweis stellen wollte.

»Na ja, ganz so sensationell wird's in dieser Gegend vielleicht nicht sein«, kommentierte Hirthammer.

»Was ist denn das für eine Himmelsscheibe?«, warf Neubauer ein.

»Das ist eine sehr wertvolle Bronzeplatte mit Darstellungen vom Himmel, also Sonne, Mond und Sterne. Das Stück ist etwa 4000 Jahre alt und ist 1999 in Sachsen-Anhalt von zwei Sondengängern gefunden worden«, erklärte Freisleder, stolz auf sein Wissen.

»Von zwei Raubgräbern«, korrigierte ihn Hirthammer.

»Zwei Hobbyarchäologen«, hielt Freisleder dagegen. »Und wenn die nicht gegraben hätten, dann wär die Scheibe heute noch unter der Erde.«

»Die wollten den Fund auf dem Schwarzmarkt verkaufen«, ereiferte sich Hirthammer, der anscheinend doch so etwas wie Temperament hinter seiner Gemütlichkeit besaß.

»Schätze suchen und Schätze unterschlagen sind zwei paar Stiefel«, konterte Freisleder, der sich nun auch zu ungeahnter Leidenschaft aufschwang.

Wachter hielt unterdessen Neubauer sein Handy hin. »Schau, so schaut das Teil aus.«

Neubauer studierte das Bild, das Wachter aufgerufen hatte, während Reitinger versuchte, den erneut aufflammenden Streit zwischen Hirthammer und Freisleder abzukürzen und seinen Fachmann wieder auf Kurs zu bringen.

»Es muss ja nicht die Himmelsscheibe sein, aber was könnte ich denn finden?«

Hirthammer musterte immer noch ärgerlich Freisleder, und dessen Blicke waren auch nicht viel freundlicher. Dann stand er auf und verabschiedete sich in Richtung Toilette. »Bin gleich wieder da.«

Thomas hatte auf das, was jetzt notwendig war, überhaupt keine Lust. Aber es blieb ihm nichts anderes übrig, wenn er den Experten allein sprechen wollte. Er stand auf und folgte ihm.

»Oha«, wunderte sich Hirthammer, als er aus der Toilette kam und Thomas vor ihm im Flur stand. »Haben Sie auf mich gewartet?«

Ohne ein weiteres Wort zog Thomas ihn in die Küche des Wirtshauses.

»Raus mit euch!«, rief die Hitzlkoferin, aber Thomas ließ sich nicht abschrecken. Er bugsierte den Gast weiter in Richtung Privatküche der Hitzlkofers. »Es ist ein Notfall«, rief er und setzte hinzu. »Bring uns doch bittschön noch zwei Bier.«

Thomas kannte die Wohnküche der Hitzlkofers noch aus der Zeit, als er ein Bub gewesen war. Damals hatte er die Kirchenzeitung ausgetragen. Nicht so sehr der frommen Leidenschaft gehorchend, sondern weil der Vater es so wollte und weil es doch ein paar Mark im Monat brachte. Bei manchen Abonnenten steckte er das Blatt bloß in den Briefkasten, bei anderen klingelte er und überreichte es persönlich, weil es da was gab. Süßigkeiten oder ein Fuchzgerl. Von den Hitzlkofers, die damals noch jung verheiratet waren und das Wirtshaus gerade erst übernommen hatten, bekam er immer ein Eis.

»Das ist ja fast eine Entführung«, amüsierte sich Hirthammer und sah sich neugierig in der fremden Stube um.

»Ich mag das nicht, wenn alle zuhören«, sagte Thomas, wartete noch, bis die Hitzlkoferin mit finsterer Miene zwei Bier vor ihnen abgestellt hatte, und legte ihm dann das Foto vor, das er in der Werkstatt von Kammhuber gemacht hatte.

»Beiltypus Langquaid«, sagte der Fachmann. Thomas nickte. Das wusste er schon aus seinem Fachbuch. »Kann man so was noch finden?«

»Ich denk schon.«

»Kann man's auch auf dem Schwarzmarkt verkaufen?«

Hirthammer strich sich nachdenklich über den Bauch. »Damit kenne ich mich nicht so aus. Aber manchmal ist an solchen Stellen nicht bloß ein Beil zu finden oder eine Speerspitze. Mit ein bisschen Glück ist Schmuck dabei – und dann wird's schon lukrativ, wenn man sich nicht gar so blöd anstellt. Außerdem: Vielen geht's doch gar nicht ums Geld, zumindest sagen sie das. Ich glaub's manchen sogar. Sie können sich gar nicht vorstellen, wie schön das ist, wenn man was sucht – und dann sogar noch was findet.«

Nein, das konnte Thomas sich nicht vorstellen. Er suchte oft etwas zu Hause, und das fand er gar nicht schön. Und beim Finden, da war er eher sauer auf sich, dass er seine Utensilien überall verstreute in der Wohnung und so lange Zeit gebraucht hatte, bis er alles zusammenhatte, was er gerade benötigte.

»Bei einer Grabung dabei zu sein, das ist etwas ganz Besonderes. Man weiß nicht, was einen erwartet. Es kann eine Kleinigkeit sein oder der ganz große Schatz. Und wenn man dann einen Fund in Händen hält, der mehrere tausend Jahre alt ist, wenn man sich der Vergangenheit so nahe spürt …«

Hirthammer geriet richtig ins Schwärmen. Aber Thomas ließ ihn gewähren. Schon Freisleder hatte erwähnt, wie spannend es sein konnte, nach Schätzen zu suchen. Offenbar erlagen viele Menschen dieser Faszination. Kammhuber war nach Freisleders Worten ein ganz besonders begeisterter Sondengänger. Also konnte man davon ausgehen, dass auch er dieses großartige Gefühl kannte, von dem Hirthammer jetzt sprach.

Der Archäologe war inzwischen verstummt. Er sah verträumt in eine weite Ferne, vermutlich mehrere tausend Jahre zurück, dann kam er mit einem raschen Blinzeln in die Gegenwart zurück und trank einen kräftigen Schluck Bier.

Thomas holte ihn vollends ins Hier und Jetzt zurück, indem er noch einmal auf das Foto von der Abbildung zeigte, das er bei Kammhuber in der Werkstatt aufgenommen hatte. »Da steht gar nicht, wo das genau gefunden worden ist.«

Hirthammer lachte leise. »Wir sind doch auch nicht blöd. Mit genauen Fundangaben sind wir recht vorsichtig geworden, gerade weil so viele Deppen dann hinlaufen und den Boden plündern.«

»Das wäre doch gar nicht so schlimm, wenn sie ihre Funde auch abgeben würden, oder?«

»Von wegen«, raunzte Hirthammer und nahm einen kräftigen Schluck. »Die suchen doch bloß die Filetstücke heraus. Aber wir Wissenschaftler, wir interessieren uns nicht für das schönste Teil, sondern wir haben das ganze Fundumfeld im Blick. Für uns ist doch vor allem die Fundsituation wichtig, weil die etwas über die Umstände und Intentionen aussagt, mit denen die Menschen damals etwas hingelegt haben. Der Materialwert, das ist erst in zweiter Linie wichtig.«

Freisleder hatte Reitinger bei seinem ersten Besuch erzählt, Kammhuber hätte nach einem Fürstengrab gesucht. Daran erinnerte sich Thomas jetzt. »Wenn man in der Nähe von Langquaid gräbt, kann man da auch ein bronzezeitliches Fürstengrab finden?«

»Das ist eher unwahrscheinlich. Wissen Sie …« Hirthammer nahm Thomas am Arm, senkte die Stimme und tat sehr vertraulich. »Ich habe zwei oder drei von diesen Typen kennengelernt, die mit ihren Metalldetektoren über die Felder laufen. Die haben nicht unbedingt viel Ahnung.«

»Sie denken, da könnte einer was suchen, was gar nicht da ist?«

»Oder er träumt von dem ganz großen Schatz, der irgendwo vergraben ist. Manche sind richtig fanatisch.«

Thomas wollte schon gehen, aber Hirthammer hielt ihn auf und musterte ihn misstrauisch. »Sie kennen doch einen von denen, oder? Vielleicht graben Sie auch selber.«

»Blödsinn«, antwortete Thomas. »Ich recherchiere zu einem Mord in Regensburg, und der Tote war Sondengänger. Ich dachte, das wäre vielleicht eine Spur.«

Hirthammer nickte, als könnte er sich das sehr gut vorstellen. »Wer die Leichen von früher ausgräbt, der legt vielleicht eine frische Leiche hinein ins geplünderte Grab«, behauptete er.

»In dem Fall wurde der Tote aus der Donau gezogen.«

»Das hab ich gelesen«, nickte Hirthammer. »Aber es ist nicht dabeigestanden, dass er ein Plünderer war.«

Wieder wollte Thomas gehen, wieder hielt Hirthammer ihn auf.

»Wenn Sie was hören, dass irgendwo einer gräbt oder findet oder verkaufen will, dann möchte ich das wissen. Haben wir uns verstanden?«

Feixende Gesichter, als sie gemeinsam ins Wirtshaus zurückkamen. »Ich hab gemeint, das gibt's bloß bei den Frauen, dass man gemeinsam aufs Klo geht«, sagte Neubauer, und Wachter grinste. Freisleder aber blickte vorwurfsvoll. Er merkte genau, dass da irgendwas ziemlich an ihm vorbeigelaufen war.

»Jetzt möchte ich aber bestellen«, sagte Hirthammer und griff nach der Speisekarte. »Ich bin doch eingeladen, oder?«

Thomas übernahm der Einfachheit halber die Zeche für alle Anwesenden und bat den Wirt um einen entsprechenden Beleg. Der Blick sprach Bände.

»Kann man so was von der Steuer absetzen oder zahlt dir das die Zeitung zurück?«

»Schaun wir mal«, antwortete Thomas, verabschiedete sich freundlich von Hirthammer, der ihm noch seine Visitenkarte in die Hand drückte. »Denken Sie dran: Wenn's was Interessantes gibt …«

Thomas nickte: »Das gilt umgekehrt genauso.« Dann hob er die Hand, um sich auf diese Weise von Wachter und den anderen zu verabschieden, und verließ das Wirtshaus.

Draußen lehnte er sich an seinen Wagen und atmete tief durch. Eigentlich sollte er gleich noch einmal bei Sandra Rossbach anrufen, aber er war so steinmüde vom Essen und dem vielen Gerede am Stammtisch, dass er sich am liebsten für ein kleines Schläfchen hingelegt hätte. Früher war das kein Problem gewesen. Als seine Mutter noch hier in Helmering gewohnt hatte, da konnte er auch abends hier im Wirtshaus ausgehen und dann sein früheres Jugendzimmer für eine Nacht beziehen. Er bekam am nächsten Morgen ein wunderbares Frühstück mit ein paar Ermahnungen gewürzt und machte sich dann wieder auf den Weg nach Regensburg. Aber jetzt wohnte die Mutter in Regensburg, und wenn er hierherfuhr, in seinen Heimatort, dann stand er manchmal ganz verloren auf der Straße, weil er wusste, dass er hier nicht mehr hingehörte.

»Träumst du?«, hörte er eine Stimme hinter sich und wandte sich um. Karsten Kröger stand hinter ihm und grinste ihn an. Karsten war vor Jahren von Norddeutschland hierhergezogen und hatte Thomas' Elternhaus gemietet. Dort wohnte er mit seiner Familie. Thomas hatte schon gehört, dass sich die Krögers sehr gut eingelebt hatten. Sie hatten sich in das Vereinsleben des Ortes gestürzt und waren auf diese Weise schnell zu einem Teil des Dorfes geworden. Hieß es doch immer, die Bayern würden so fremdeln mit den Zugezogenen, für Karsten galt das nicht. Vielleicht spielte es eine Rolle, dass er einen Cousin am Ort hatte. Aber er war auch mehr Bayer als mancher, der hier geboren war, zum Beispiel Thomas Reitinger. Im vergangenen Jahr hatte Thomas ihn und seine Frau zufällig auf der Straße in Wiesn-Montur getroffen, als sie auf dem Weg zum Oktoberfest waren. Lederhose und Dirndl, völlig selbstverständlich hatten sie sich eine Festuniform für die alkoholreichste Zeit des Jahres zugelegt.

»Mir war gerade so nach einem Mittagsschlaf«, sagte Thomas.

»Ich kann dir ein Sofa in deinem Elternhaus anbieten«, antwortete Karsten.

Thomas schüttelte den Kopf. »Bis Regensburg schaffe ich es schon noch.«

»Wenn du vorher noch einen Moment Zeit hättest ...« Karsten sah ihn fragend an, und Thomas nickte. »Wir fühlen uns sehr wohl hier am Ort«, erzählte Karsten.

Thomas lächelte: »Ich hab schon gehört, dass du im Vorstand vom Sportverein bist und bei der Feuerwehr hast du es zum Zeugwart gebracht.«

»Wir würden uns gerne fest hier niederlassen.«

Thomas schluckte: »Ihr wollt selber bauen und aus unserm Haus ausziehen.«

Karsten schüttelte den Kopf. »Wir würden es gerne kaufen.«

Jetzt schluckte Thomas erst recht. Er sagte gar nichts.

»Wir wohnen sehr gerne dort«, erklärte Karsten, »wir haben auch einiges investiert und leben lieber mitten im Ort als draußen in der Neubausiedlung.«

Thomas schwieg immer noch.

»Oder willst du dort einziehen?«, fragte Karsten nach.

Thomas schüttelte den Kopf. »Wir bleiben lieber in der Stadt.«

Karsten atmete erleichtert durch. »Dann wärst du einverstanden?«

»Was ich sage, ist völlig egal«, antwortete Thomas. »Das Haus gehört der Mutter – und sie allein entscheidet.«

Karsten nickte: »Ich werde sie fragen.«

Nach ein paar weiteren Sätzen über das Dorf, die Familie, die Gesundheit und das Leben überhaupt verabschiedete Thomas sich. Er beschloss, dem Mieter zuvorzukommen. Denn er war nicht sicher, wie seine Mutter reagieren würde. Er sollte sie seelisch darauf einstimmen, was da auf sie zukam. Vielleicht schaute er nachher noch bei ihr vorbei. Karsten würde sich bestimmt nicht gleich bei ihr melden.

Thomas rief ein weiteres Mal Sandra Rossbach an, aber sie ging immer noch nicht ans Telefon. Dann meldete er sich kurz bei seiner Frau. »Ich bin jetzt fertig. Soll ich Kuchen mitbringen?«

»Wir haben schon einen hier am Eck besorgt«, antwortete sie. »Aber vielleicht wäre es etwas entspannend für das Gespräch, wenn du deine Mutter dazu bitten könntest?«

»Ich bin mir nicht sicher, ob sie Lust hat, aber ich probier's.«

Therese Reitinger freute sich. Der geplante Sonntagsausflug mit ihren Freunden war ausgefallen, weil der eine fußlahm war und dem anderen fehlte es im Kreuz. »Was die Leute immer haben«, sagte sie.

»Wärst halt alleine los«, antwortete Thomas, aber sie schüttelte den Kopf.

»Alleine bin ich oft genug. Wenn ich schon wandern geh, dann möchte ich das wenigstens in Gesellschaft tun. Aber vielleicht sollte ich mir jüngere Leute suchen, die halten noch mehr aus.«

Thomas überlegte, ob er von seiner Begegnung mit Karsten Kröger erzählen sollte. Doch er war sicher, dass der Gedanke daran, das Haus zu verkaufen, die Mutter schmerzen würde. Es passt jetzt nicht, dachte er. Es hat auch noch Zeit.

Raimund Haberland saß mit seinem Tablet auf dem Sofa und wischte darüber, als hätte er nie etwas anderes getan.

»Nachdem Lisa mir keine Exposés mehr mailt«, sagte er zur Begrüßung und streifte Thomas nur kurz mit einem Blick, »habe ich mich selbst über den Wohnungsmarkt in Regensburg informiert. Da gibt es wirklich schöne Objekte.«

»Er ist so stolz auf diesen kleinen Computer«, flüsterte Annegret ihrem Schwiegersohn zu. »Er möchte halt immer mit der Zeit gehen.«

Thomas sah, wie sich seine Mutter zu Paula an den Tisch setzte und das Gebaren Haberlands mit einem gewissen Argwohn betrachtete. Lisa war noch kurz in die Küche gegangen, den Kuchen holen.

»Etwas Neues fände ich gut für euch. Solange noch gebaut wird, habt ihr die Möglichkeit mitzureden und mitzugestalten.«

»Das können wir uns doch alles gar nicht leisten«, wandte Thomas ein.

»Aber ich«, tönte der Schwiegervater großspurig.

Thomas versuchte einen Scherz: »Du willst doch gar nicht von Passau nach Regensburg ziehen, oder?«

»Wer weiß, vielleicht kaufe ich zwei Doppelhaushälften – eine für euch und eine für uns, was sagst du?«, wandte er sich an seine Frau.

»Dann wäre ich wenigstens näher bei unserer Enkelin«, sagte diese.

Thomas merkte, dass seine Mutter ihn genau beobachtete. Sie runzelte die Stirn, als wollte sie sagen: Wehr dich. Zeig ihnen, dass das deine Familie ist und nicht ihre. Thomas zuckte nur die Schultern, und Therese seufzte. Sie kennt mich, dachte Thomas. Bevor ich mit der Faust auf den Tisch haue, da muss noch viel mehr passieren. Aber wenn ich Raimund weiter zuhöre, wird mir ganz schlecht.

Lisa kam gerade mit den Kuchenstücken zurück und sah Thomas irritiert an. »Ist dir nicht gut? Du bist ganz fahl im Gesicht.«

»Ich brauch einen Schnaps«, murmelte Thomas.

»Prima Idee, dann stoßen wir auf unsere Wohnungspläne an«, rief der Schwiegervater und holte ungefragt die Flasche aus dem Schrank, bevor seine Frau Einspruch einlegen konnte. »Ihr braucht mindestens vier Zimmer, am besten fünf«, erklärte er.

»Hör auf«, mischte sich Therese nun doch ein. »Lisa und Thomas wissen selber, was sie tun.«

»Das sehe ich auch so«, sagte Lisa.

»Ich merke aber nichts davon«, entgegnete Haberland. »Vom Thomas habe ich noch kein Wort dazu gehört.«

»Ich tu, was ich kann«, antwortete Thomas reichlich vage.

»Ich tu für meine Lisa und meine Paula alles«, sagte Haberland mit dem Selbstbewusstsein eines Mannes, der es zu etwas gebracht hatte.

»Für mich hoffentlich auch«, ließ sich seine Frau vernehmen, und er lachte jovial. »Aber freilich, Annerl.«

»Ich mag das nicht, wenn du mich so nennst, ich heiße Annegret.«

»Dann eben Greterl.«

Die Schwiegermutter warf einen scharfen Blick auf ihren glänzend gelaunten Mann, dann wandte sie sich wieder ihrer Enkelin zu. Schließlich hatte sie durchgesetzt, dass das Kinderstühlchen zwischen ihr und Therese stand.

Nach der zweiten Tasse Kaffee zog sich Thomas ins Schlafzimmer zurück und rief Andrea in der Redaktion an.

»Ich habe nichts über einen Ludwig Wolters in der Nähe von Köln gefunden, gar nichts. Tut mir leid.«

»Kann man nichts machen. Trotzdem vielen Dank.«

Er überlegte, ob er noch einmal versuchen sollte, Frau Rossbach zu erreichen. Aber das schien ihm nun auch völlig unwichtig. Alles hatte Zeit bis morgen. Er hatte heute keine Lust mehr, den Ermittler zu spielen. Selbst Jana Meyerbeer hatte sich freigenommen. Wenn Lisas Eltern endlich gegangen waren, hätte er noch die Chance auf einen richtig gemütlichen Abend.

Thomas konnte seine Erleichterung kaum verbergen, als er Annegret auf die Wangen küsste und sich von Raimund auf die Schulter klopfen ließ. Natürlich hatte der noch einmal die Wohnsituation ansprechen wollen, aber Lisa war energisch dazwischengefahren. »Das ist unsere Sache, Papa.«

Als sie draußen waren, genehmigte er sich tatsächlich einen Schnaps. Seine Mutter räumte gerade den Tisch ab, Paula fuhr mit dem Finger durch die Sahne auf einem der Kuchenteller. Thomas rückte den Teller ein Stück von ihr weg, was sie mit einem missbilligenden Blick kommentierte, dann aber den Finger mit Sahne erst einmal zur Bestandssicherung in den Mund steckte.

»Warte, ich helf dir«, sagte Lisa und wollte Therese das Tablett mit dem schmutzigen Geschirr abnehmen.

»Setz dich hin und ruh dich ein bisschen aus«, antwortete Therese und ging wie selbstverständlich an ihr vorbei in die Küche. Thomas und Lisa wechselten einen Blick. Therese wusste tatsächlich schon wieder Bescheid. Die Schwiegereltern hingegen hatten nichts gemerkt.

»Jetzt setzen wir uns noch mal gemütlich zusammen«, schlug Therese vor, nachdem sie die Küche aufgeräumt hatte. Thomas hatte währenddessen im Wohnzimmer Ordnung geschaffen, Lisa spielte mit Paula auf dem Sofa. »In einem muss ich dem Raimund ja Recht geben«, begann sie ihre kleine Rede. »Ihr braucht dringend eine größere Wohnung. Jetzt mehr denn je.«

»Du weißt es schon wieder, gell«, seufzte Lisa.

»Ich hatte da halt so ein Gefühl«, antwortete Therese. »Und wenn jetzt sowieso das Thema Wohnung akut ist, da wollte ich euch fragen, ob ihr Interesse am Haus in Helmering habt.«

Lisa sah fragend von Thomas zu Therese.

»Karsten Kröger möchte es gerne kaufen. Er hat dich doch schon darauf angesprochen«, wandte Therese sich an Thomas.

»Ich habe ihm nur gesagt, das muss er mit dir bereden, aber ich hätte nicht gedacht, dass er das gleich macht.«

»Es schiebt eben nicht jeder alles auf die lange Bank«, gab Therese heraus. »Also, was ist mit euch: Wollt ihr das Haus?«

»Ich würde lieber in der Stadt bleiben«, sagte Thomas nach einer kleinen, verlegenen Pause, wohl wissend, dass Lisa sicherlich auch nicht in sein Elternhaus nach Helmering ziehen, aber das vielleicht nicht so direkt sagen wollte. Lisa nickte bestätigend.

»Gut, dann verkaufe ich es.« Therese klang sehr entschlossen.

»Aber du hängst doch daran!«, rief Lisa aus.

»Ich ziehe nicht mehr dort ein«, meinte Therese. »Und wenn es jetzt einer haben will, dem es gefällt und der gut drauf aufschaut, das ist doch besser, als wenn ich es nicht hergebe, nur weil ich dort einmal sehr glücklich war.«

Thomas wusste nicht recht, was er von der pragmatischen Haltung seiner Mutter denken sollte. Auf der einen Seite imponierte sie ihm, auf der anderen aber fand er sie doch etwas arg auf die praktische Seite konzentriert. Selbst ihm fiel es schwer, sich vorzustellen, dass ihnen das Haus nicht mehr gehörte. Aber sie hatte Recht. Keiner von ihnen beiden würde je wieder dort einziehen.

»Er hat mir ein recht schönes Angebot gemacht, der Kröger«, fuhr Therese fort. »Ich denke, das gibt einen Grundstein für euch, egal, ob ihr was zur Miete oder zum Kaufen sucht.«

»Kommt gar nicht in Frage, dass du uns das Geld gibst«, sagte Lisa. »Das ist für dich.«

»Wir sind erwachsen und wir müssen selber schauen, dass wir zu was kommen«, bestätigte Thomas die Haltung seiner Frau.

»Ein bisschen Hilfe könnt ihr schon annehmen«, gab seine Mutter heraus.

»Dann kommt noch Lisas Vater daher und will auch mitmischen …«

»Ich will mich überhaupt nicht einmischen«, unterbrach ihn Therese. »Ihr macht damit, was ihr für richtig haltet.« Damit stand sie auf. »Denkt drüber nach. Und wenn ihr euch weiter so ziert, dann kriegt das Geld die Paula.«

11. Kapitel

Als Thomas am Morgen viel zu früh aufwachte, war er sicher, dass er von Ausgrabungen geträumt hatte. Er konnte sich zwar nicht mehr so genau erinnern, aber die Oberarme taten ihm weh, als hätte er stundenlang nach einem Schatz gesucht. Gleich war er mit seinen Gedanken mitten in seinem »Fall«. Er war inzwischen sicher, dass Ludwig Kammhuber etwas gefunden hatte oder glaubte, unmittelbar vor einem großen Fund zu stehen. Ob das etwas mit dem Tod von Karim Özdag zu tun hatte, wusste er allerdings nicht. Wolters alias Kammhuber war zwar ein gewalttätiger Mensch, wie er gehört hatte, aber er schien ein Alibi zu haben. Dann der Anschlag auf ihn, den angeblich der Stiefsohn verübt hatte. Aber vielleicht gab es auch noch jemand anderen, der eine Rechnung mit dem Installateur offen hatte. Schließlich hatte der Mann ein anderes Leben gehabt bis vor ein paar Jahren, ein Leben, über das offenbar niemand etwas wusste. Doch die Recherchen in seiner Vergangenheit waren bislang ins Leere gelaufen. Andrea hatte nichts herausgefunden.

Thomas seufzte. Er schaute auf sein Handy, das er seit gestern Abend nicht mehr in der Hand gehabt hatte. Um 22 Uhr hatte Andrea ihm doch noch einmal geschrieben. Sie habe da einen Bericht über einen Prozess im Netz gefunden. Es sei um einen Wolters gegangen, allerdings einen Erwin Wolters aus Würselen. Der sei vor acht Jahren angeklagt gewesen wegen Totschlags an seiner Frau. Doch er sei freigesprochen worden, weil man ihm nichts nachweisen konnte. Der Richter habe aber in der Verhandlung deutlich gemacht, dass er von Wolters' Schuld überzeugt sei, doch im Zweifel für den Angeklagten entscheiden müsse. Die Frau war die Treppe hinuntergestürzt. Ob Unfall oder Stoß, das konnte nicht geklärt werden.

Elektrisiert rief Thomas die Datei auf und überflog sie. Das Foto war zu stark gepixelt, er konnte den Mann nicht erkennen. Der Zeitpunkt passte, es war etwa zwei Jahre, bevor Ludwig Wolters ins Leben von Gabriele Kammhuber getreten war. Aber der neue Vorname … Warum nicht? Ein neuer Vorname war schneller eingeführt als ein neuer Nachname, oder? Zu gerne würde er einmal einen Blick in Kammhubers Papiere werfen. Ob er Jana … Nein, die war von Kammhubers Unschuld überzeugt und würde da sicher nicht kooperativ sein.

Thomas stand auf und brachte die tägliche Routine so schnell wie möglich hinter sich. Duschen, Kaffee kochen, Brei für Paula machen. Dann sah er nach seiner Tochter.

Irgendetwas stimmte nicht mit ihr. Die Wangen waren zu rot, sie schwitzte zu stark. Er fasste an ihre Stirn, sie hatte Fieber. Leise fluchte Thomas vor sich hin. Er würde an diesem Montag weder recherchieren noch schreiben. Seine Tochter war krank.

»Was ist denn los?«, hörte er eine Stimme hinter sich. Lisa war schon aufgestanden und lehnte am Türrahmen.

»Ich glaube, Paula hat Fieber. Das wird ein ruhiger Tag zu Hause.«

Lisa musterte ihn nachdenklich. »Was ist mit deiner Geschichte?«

»Die kann auch jemand anderer schreiben«, antwortete er betont gleichmütig und war in Gedanken schon bei Aschenbrenner, der sicherlich jubeln würde, wenn er wüsste, wie der Tag von Thomas Reitinger aussah.

»Ich kann ja auch zu Hause bleiben«, meinte Lisa und ahmte dabei seinen betont gleichmütigen Ton nach. Überrascht sah er sie an, und sie lächelte. »Ehrlich gesagt hat mich der Sonntag ganz schön geschlaucht.«

»Ich habe dich auch mit allen allein gelassen.«

»Wer weiß, ob es entspannter gewesen wäre, wenn mein Vater wegen einer neuen Wohnung die ganze Zeit auf dich eingeredet hätte.« Insgeheim gab Thomas ihr Recht. Vermutlich war es ohne ihn weniger anstrengend gewesen, aber immer noch anstrengend genug für Lisa.

»Ich rufe im Büro an und sage, dass mir nicht gut ist. Die wichtigen Sachen kann ich vielleicht im Home Office erledigen, wie du das sonst machst.«

Thomas nahm sie in den Arm. »Du weißt gar nicht, was für einen großen Gefallen du mir tust.«

»Doch, das hab ich dir angesehen.«

Als das Telefon klingelte, sah Lisa ihn komisch verzweifelt an. »Geht schon los. Vermutlich für dich.«

»Oder dein Vater hat eine Wohnung gefunden.«

»Er hält sich raus. Das hat er mir beim Abschied gestern versprochen.«

Paula war vom Klingeln wach geworden und meldete sich lautstark. Lisa ging zu ihr, während Thomas das Telefongespräch annahm.

»Rossbach hier. Ich habe gesehen, dass Sie gestern mehrfach versucht haben, mich zu erreichen.«

»Danke, dass Sie zurückrufen.«

»Was ist denn so dringend?«

»Hat Ihr Auto ein Navi und können Sie mir die letzten Fahrdaten von Ihrem Mann geben?«

»Ja, natürlich kann ich nachsehen. Aber Sie sollten mir schon sagen, wofür das gut sein soll.«

»Ich muss wissen, wo Ihr Mann gegraben hat.«

»Ich habe Ihnen doch erzählt, dass Karim meistens bei Ludwig Kammhuber im Wagen mitgefahren ist.«

»Mir reicht eine einzige Ausnahme. Nur eine einzige. Und die Tatsache, dass er für den Weg zum Grabungsort die Koordinaten eingeben musste.«

»Ich rufe Sie gleich zurück«, sagte Sandra Rossbach.

»Nein, ich bleibe dran.«

»Aber ich muss raus in die Garage.«

»Ich bleibe trotzdem dran.«

»Bitte, wenn Sie unbedingt wollen.«

Thomas suchte nach einem Stift. Immer dasselbe. Wenn man einen brauchte, war keiner da. So viel zu dem Spaß, den Suchen und Finden angeblich machten. Unterdessen hörte er, wie Sandra Rossbach mit ihrem kleinen Sohn sprach, dann das Klimpern eines Schlüssels, das Öffnen einer Tür, ein halliger Raum, vermutlich die Garage, in den hinein sie wieder mit Jonas redete. »Natürlich kannst du mitkommen, aber zieh dir bitte Schuhe an. Nicht auf Strümpfen in die Garage.«

Kinder und Schuhe, dachte Thomas und überlegte, wie viele er mit Paula schon verloren hatte, weil sie die immer wieder auszog und dezent entsorgte, wenn er sie mit dem Buggy spazieren fuhr.

Lisa kam herein mit einer fiebrigen Paula auf dem Arm, die leicht quengelte, weil Thomas sie nicht auf den Arm nehmen konnte. Er strich ihr über die Wange, wechselte einen fragenden Blick mit Lisa, und die flüsterte: »38,5. Also nicht so schlimm.«

»Jetzt hab ich's«, hörte er Frau Rossbach, und da er nicht gleich antwortete: »Sind Sie noch dran?«

»Ja, ich bin da.« Heute ging ihm das Umschalten vom liebevollen Vater zum harten Journalisten doch zu schnell.

Sie gab ihm verschiedene Koordinaten, die das Navi gespeichert hatte, und er notierte sie. Dann schlug er eine Karte von Regensburg und Umgebung auf und sah nach. Die meisten Ziele erschienen Thomas willkürlich. Er wusste auch gar nicht so genau, wonach er suchen sollte. Er hätte Frau Rossbach fragen sollen, an welchen Tagen ihr Mann wohin gefahren war. Aber plötzlich stutzte er. Diese Zielangabe kam ihm bekannt vor. Sie führte aus dem Landkreis Regensburg hinaus, in die

Nähe von Hausen. Der Weg, den auch Ludwig Kammhuber gefahren war, als er verunglückte.

Er musste mit Gabriele Kammhuber sprechen. Ob sie ihren Mann immer Ludwig genannt hatte. Ob er sich so bei ihr vorgestellt hatte, als sie sich kennenlernten. Ob er laut Ausweis noch einen zweiten oder dritten Vornamen hatte. Er rief bei ihr an, aber sie ging nicht ans Telefon. Er sah auf die Uhr. Kurz nach acht Uhr. Schlief sie noch? Das konnte er sich nicht vorstellen. War sie schon unterwegs? Auch das glaubte er nicht.

Während Lisa einen Kaffee trank und Paula dazu überreden wollte, ein bisschen Brei zu essen, rief Thomas bei der alten Frau Kammhuber an. Vielleicht konnte sie ihm weiterhelfen oder der junge Kammhuber. Thomas hoffte auf eine Gelegenheit, mit Michael zu sprechen, den er ja immer noch nicht kennengelernt hatte.

»Ja?« Die Stimme des jungen Mannes war überraschend tief.

»Spreche ich mit Michael Kammhuber?«

»Ich würde erst gerne wissen, mit wem *ich* spreche.«

»Mein Name ist Thomas Reitinger, ich bin Journalist. Vielleicht hat Ihnen Ihre Mutter von mir erzählt oder Ihre Großmutter?«

»Was wollen Sie?«, unterbrach der junge Mann ihn. Thomas wunderte sich. Er hatte sich den Studenten aufgrund der Fotos als einen weichen Typ vorgestellt, verhätschelt von Mutter und Großmutter, der Auseinandersetzung mit dem Stiefvater nicht gewachsen. Am Telefon klang er wie ein Cowboy. Kein Wort zu viel. Als ob er genau wusste, worauf es ankommt.

»Ich habe eine etwas seltsame Frage. Wissen Sie, ob Ihr Stiefvater mehr als einen Vornamen hat?«

»Das haben doch die meisten Menschen.«

»Wie heißt er denn noch außer Ludwig?«

Schweigen. Es dauerte so lange, bis Thomas unruhig wurde. »Hallo?«

»Ich weiß es nicht mehr genau. Erich oder so ähnlich.«

»Kann es auch Erwin sein?«

»Ja, schon möglich. Wieso?«

Thomas beantwortete die Frage lieber nicht, sondern setzte gleich mit der nächsten nach. »Sie waren am Samstag verschwunden. Ihre Mutter und Ihre Großmutter haben sich Sorgen gemacht.«

»Was geht Sie das an?«

»Ich recherchiere im Fall des ermordeten Karim Özdag.«

»Sie schnüffeln herum. Aber herausgefunden haben Sie noch nichts, oder?«

»Sie könnten mir doch helfen.«

»Warum sollte ich, ich kenne Sie ja nicht mal.«

»Vielleicht wissen Sie etwas über den Unfall Ihres Stiefvaters.«

»Sie meinen, ich hätte die Bremsen manipuliert?«

»Haben Sie?«

»Die Antwort habe ich der Kommissarin gegeben, und Ihnen sage ich gar nichts.«

»Hören Sie, ich habe das Gefühl, ich bin ganz nah dran …«

»Dran an was? An einer guten Geschichte?«

»Denken Sie nicht auch, dass Ihr Stiefvater mit dem Tod von Karim Özdag zu tun haben könnte?«

»Ich denke, dass er ein Arschloch ist und meine Mutter unglücklich gemacht hat.«

»Dafür wollten Sie ihn büßen lassen.«

»Jetzt kommen Sie mir nicht auf die psychologische Tour.«

»Aber das wäre doch ein Motiv.«

»Hören Sie zu. Ich frühstücke jetzt und dann muss ich zur Polizei. Meine Aussage noch mal wiederholen und unterschreiben.«

»Eins noch, Herr Kammhuber, bitte. Ihre Mutter sagt, dass Ihr Stiefvater mit ihr einen Ausflug gemacht hat an dem Tag, als Karim Özdag starb.«

Michael Kammhuber lachte bitter. Viel zu bitter für so einen jungen Mann. »Ja, das hat sie mir auch erzählt. Ich konnte es gar nicht glauben. Denn es war das erste Mal seit der Hochzeit, dass dieser Drecksack etwas mit ihr unternommen hat. Sonst hat er sie nur ausgenutzt und geschlagen.«

»Das erste Mal?«

»Fragen Sie meine Mutter doch selbst.«

»Wollte ich, aber sie geht nicht ans Telefon.«

Schweigen. »Hallo, Herr Kammhuber?«

»Wieso geht sie nicht ans Telefon?«

»Das wüsste ich auch gerne.«

Michael Kammhuber legte auf. Thomas sah ratlos auf sein Telefon, während er zu Lisa ging, die mit Paula am Tisch saß. »Was ist passiert?«

»Ich frage mich, ob ich gerade Mist gebaut habe.«

Er setzte an zu erzählen, aber Lisa winkte ab. »Du musst mir nichts erklären. Wenn es eilig ist, dann sieh zu, dass du das wieder in Ordnung kriegst.«

»Was ist mit euch beiden?«

»Wir legen uns gleich noch mal hin, nicht wahr, Paula?«

Paula war so erschöpft, dass sie nicht einmal Nein sagen konnte.

Thomas packte seine Sachen, gab Lisa und Paula einen Kuss und verschwand. Er hatte das Gefühl, er sollte sich beeilen. Er wusste nur nicht warum.

Genau an diesen Tagen springt das Auto nicht an, dachte er, als er in der Familienkutsche saß und den Motor orgeln hörte. Was war nur los? Kurz unterbrach er seine Bemühungen und atmete tief durch. Nicht aufregen, nicht ärgern, ganz ruhig. Gleich wird's klappen. Es klappte nicht. Er legte die Stirn aufs Lenkrad und versuchte nachzudenken. Taxi nach Keilberg? Oder Fahrrad? Da klopfte es an die Scheibe. Eine ältere Frau sah ihn besorgt an.

»Ist Ihnen nicht gut?«, fragte sie.

»Er springt nicht an.«

»Das haben wir gleich. Steigen Sie aus. Ich bin gleich wieder da.«

Thomas tat, wie ihm geheißen, und wunderte sich selbst. Warum gehorchte er, wenn ihm fremde ältere Frauen Kommandos gaben? Erinnerte ihn die Frau an seine Mutter? Oder hoffte er wirklich, gerade sie könnte ihm helfen?

Die Frau war über die Straße gegangen, hatte sich in einen Kleinwagen gesetzt, diesen angelassen und kam nun parallel zu seinem Wagen auf der Straße zu stehen. Sie machte die Warnblinkanlage an, entriegelte die Motorhaube und stieg aus, ein Überbrückungskabel in der Hand.

»Jetzt machen Sie schon Ihre Motorhaube auf, ich habe nicht ewig Zeit.«

Als er in Keilberg vor dem Hause der Kammhubers hielt, war ihm klar, dass er Jana Meyerbeer hätte anrufen sollen, auch wenn er wieder mal nur ein komisches Gefühl hatte. Ein Polizei- und ein Krankenwagen standen da, die Haustür war sperrangelweit offen. Die Sanitäter kamen mit einer Trage heraus. Thomas sah, dass Gabriele Kammhuber darauf lag. Sie war offenbar bewusstlos und trug einen Kopfverband. Er hörte die Rufe der Sanitäter, anscheinend eine schwere Verletzung, mehr konnte er nicht verstehen.

Thomas kämpfte mit sich. Sollte er Bobby Friedrich verständigen, damit er Bilder vom Tatort machte? Ihn ekelte vor der Vorstellung, dass der Zeitungsfotograf hier herumlaufen und die letzten Blutspuren aufnehmen würde, dass er vielleicht sogar ins Haus ginge, auch wenn es versiegelt wäre, dass er sich beschwerte, er wäre gerne früher verständigt worden. Thomas ließ es und redete sich ein, es gäbe ohnehin nichts mehr zu fotografieren, bis Bobby kam. Er machte einige Aufnahmen mit seinem Handy für den Fall, dass man sie brauchte. Zu sehen waren viele Polizisten, ein paar Sanitäter und wenige Schaulustige.

Er wollte gerade einen der umstehenden Polizisten fragen in der Hoffnung, dass der ihm etwas sagen würde, da sah er die Kommissarin aus einem Wagen steigen. Vorwurfsvoll musterte sie ihn.

»Ich hab nicht gewusst, dass was passiert ist, sonst hätte ich doch angerufen. Es war nur so ein Gefühl, deshalb bin ich hier«, sagte er zu seiner Verteidigung, aber sie ignorierte ihn und ging zu einem uniformierten Kollegen.

Thomas blieb in der Nähe stehen. So konnte er mithören und musste sich nicht selbst alle Informationen erkämpfen.

»Die Frau ist mit einem schweren, stumpfen Gegenstand niedergeschlagen worden«, sagte der Polizist. »Ihr Sohn hat sie gefunden und uns verständigt.«

»Und wo ist der Sohn jetzt?«

Der Polizist sah sich um und dann ratlos zur Kommissarin. »Der war doch gerade noch da!«

Thomas überlegte fieberhaft. Michael Kammhuber hatte seiner Mutter sicher nichts angetan. Aber er hatte vorher am Telefon die Ahnung gehabt, dass ihr etwas passiert sein könnte. Jetzt war er weg. Was hatte er vor? Wo war er hin? Thomas rief noch einmal bei der Großmutter an. »Frau Kammhuber, können Sie mir die Handynummer Ihres Enkels geben?«

»Sie können ihn auch selbst sprechen, er ist gerade zur Tür herein.«

Thomas konnte es nicht fassen. Michael war einfach wieder nach Hause zu seiner Oma gefahren, nachdem er seine Mutter schwer verletzt gefunden hatte?

»Danke, geben Sie ihn mir bitte.«

Er hörte sie Michaels Namen rufen, dann kurz seine Stimme, dann war die Leitung unterbrochen. So oft er auch anrief, es war besetzt. Thomas sah sich noch einmal kurz um, aber

Jana Meyerbeer war offenbar ins Haus gegangen, um den Tatort anzusehen. Er wollte ihr folgen, aber ein Polizist hielt ihn auf. »Das wäre ja noch schöner«, sagte er nur.

Ich rufe sie später wegen der Infos an, dachte Thomas, und dann fuhr er los in Richtung Regensburger Westen.

»Es tut mir sehr leid, er ist schon wieder weg«, sagte die alte Dame, als Thomas am Gartentor stand. »Aber kommen Sie doch bitte herein.«

»Ich habe nicht viel Zeit«, antwortete Thomas. »Wenn Sie mir jetzt seine Handynummer geben könnten.«

»Dazu müssen Sie mitkommen, denn die habe ich nicht im Kopf.« Sie klang energisch. Aber ihre Langsamkeit, ihre Seelenruhe machten ihn nervös. Er sah eine Sanduhr vor Augen, die durchrieselte, ohne dass er wusste, welcher Countdown hier lief.

»Was hat er denn gesagt?«, fragte Thomas auf dem Weg zur Haustür.

»Dass ich zu Hause bleiben und auf mich und meinen Mann aufpassen soll. Denn sein Stiefvater hat sich offenbar selbst aus dem Krankenhaus entlassen und seine Mutter verletzt – wieder mal. Michael hatte Sorge, er könnte auch hierherkommen.«

Offenbar hatte Michael seiner Oma nicht erzählt, wie schwer Gabriele Kammhuber verletzt war. Aber er hatte sie gewarnt. War er deshalb noch einmal zu ihr gefahren? Das klang nicht sehr plausibel, dafür hätte er auch anrufen können.

»Wo ist Michael jetzt hin?«

»Ich denke, zu seiner Mutter ins Krankenhaus. Jedenfalls ist er gleich wieder in sein Auto und weg«, sagte die alte Dame arglos.

Dann hätte er doch gleich mit dem Krankenwagen mitfahren können, überlegte Thomas.

»Sie vermuten etwas anderes«, unterbrach sie seine Gedanken.

»Ich muss noch fünf Minuten überlegen«, antwortete Thomas. »Das ist jetzt alles ein bisschen viel auf einmal.«

»Dann überlegen Sie. Ich suche inzwischen mein Notizbuch. Da steht die Handynummer drin.«

Thomas grübelte. Ludwig Kammhuber hatte sich aus der Klinik entlassen. Erst jetzt fiel ihm auf, dass der rote kleine Daihatsu vor dem Installationsgeschäft in Keilberg gefehlt hatte. Offenbar hatte der Mann seine Frau attackiert und war dann, da sein Auto noch in der KTU stand, mit ihrem Wagen weggefahren. Hatten sie einen Streit gehabt? Worüber war er derart in Rage geraten?

Kurz schossen ihm Freisleders Worte durch den Kopf, dass Kammhuber ein Fanatiker war, der für das Suchen und Finden lebte, alles dafür tun würde, und der wirklich fest daran glaubte, den großen Schatz zu finden. Was war, wenn er ihn gefunden hatte? Wenn er ihn jetzt holen und damit verschwinden wollte? War es möglich, dass Michael eine Ahnung hatte, wo sein Stiefvater grub? Dass er ihm gefolgt war?

Ein Schrei kam von oben. Thomas sprang auf und eilte die Treppe hoch. Die alte Frau Kammhuber stand fassungslos im Flur. »Ein Gewehr fehlt.«

»Rufen Sie bitte die Kommissarin an«, sagte Thomas. »Erzählen Sie ihr alles, was Sie wissen. Geben Sie ihr noch diese Koordinaten.« Thomas holte den Zettel heraus, den er beim Gespräch mit Sandra Rossbach notiert hatte und schrieb die Zahlen noch einmal ab. »Sagen Sie ihr, ich bin schon unterwegs. Ich glaube, da ist Ludwig Kammhuber und holt seinen Schatz. Vielleicht ist da auch Ihr Enkel.«

Thomas bog an der Ausfahrt Hausen von der Autobahn ab, wie es ihm sein Navi befahl. Er bremste ab und sah auf die Leitplanke, an der Erwin Wolters – so nannte er ihn in seinen Gedanken, denn Ludwig Kammhuber schien nicht mehr zu passen – zwei Tage zuvor gelandet war, weil seine Bremsen versagt hatten. Viel schien ja nicht passiert zu sein, es war kaum etwas zu sehen.

Thomas fuhr nach rechts auf die Landstraße, ignorierte das Schild, dass er hier nur 80 Kilometer fahren dürfe. Dann aber drosselte er doch sein Tempo. Die Straße führte in den Wald, und er war nicht mehr weit von dem Ort, auf den die eingegebenen Koordinaten passten. Er sollte die Augen offenhalten. Überall könnte der Daihatsu von Frau Kammhuber stehen, den sich ihr Mann genommen hatte.

Er bog ab und hoppelte über den Waldweg. Schlaglöcher, Wurzelwerk, er kam nur mühsam voran. Irgendwann behauptete das Navi, er habe sein Fahrziel erreicht. Aber da war niemand. Thomas stieg aus und sah sich um. Wind, der in den Wipfeln rauschte. Wie lange hatte er so was nicht mehr gehört? Er ging herum, achtete auf jedes Detail. Er hörte das Knacken der Zweige unter seinen Füßen, er spürte, wie das Moos bei jedem Schritt nachgab, er blieb mit seiner Jeans in den Ranken der Brombeerbüsche hängen und fluchte leise. Seine Stimme klang selbst im Flüstern laut. Er musste vorsichtiger sein. Vielleicht war er nicht allein. Doch die Stille hielt an. Sie war unwirklich und stand in krassem Gegensatz zu seiner inneren Anspannung. War er hier einer Finte aufgesessen?

Da sah er in einiger Entfernung eine kleine Lichtung. Er wollte schon zu laufen beginnen, aber dann besann er sich eines Besseren. Wolters war vermutlich ein gefährlicher Mann, und sollte Michael Kammhuber auch in der Nähe sein, so war dieser bewaffnet. Hier ging es nicht mehr um ein bisschen Herumschnüffeln. Das konnte kritisch werden, und er wollte noch etwas länger leben, auch für Lisa, Paula und das zweite Kind, das sich angekündigt hatte.

Thomas sah sich die Stelle genauer an. Die Bäume standen hier nicht so dicht, sie ließen mehr Licht durch. An einigen Stellen, wo der Wald in die Lichtung überging, wirkte der Boden anders. Thomas bückte sich, strich über das Moos, fasste hinein. Es ließ sich leicht vom Boden heben, und die Erde darunter war lockerer als anderswo. Fußtritte waren zu erkennen, als ob jemand den Humus hier wieder festgetreten hatte. Alles sprach dafür, dass der Schatzgräber hier gesucht und vielleicht auch etwas gefunden hatte. Nicht überall waren die Spuren so gut beseitigt. Unter den Sträuchern sah Thomas noch kleine Erdhaufen, hier waren die Löcher nur provisorisch zugeschüttet. An einer Stelle lagen Dutzende von Zweigen übereinander, scheinbar zufällig. Thomas schob sie zur Seite. Ja, hier war offenbar mehr und länger gegraben worden. Eine von allem Moos und Gras freie Stelle von etwa zwei mal zwei Metern, notdürftig kaschiert durch die Äste.

Immer wieder sah Thomas sich um, ob er nicht beobachtet wurde, ob nicht jemand sich anpirschte, plötzlich hinter ihm stand. Er lauschte auf Geräusche, aber außer ein paar Vögeln, dem Rauschen des Windes und dem Knacken von Zweigen war nichts.

Da plötzlich – ein Schrei. Thomas sprang auf, hechtete hinter einen Baum. Er brauchte eine Weile, bis er realisierte, dass das ein Schmerzensschrei gewesen sein musste. Noch einer. Ein Brüllen wie von einem verwundeten Tier. Doch es war ein Mensch. Wer war es und was war passiert?

Thomas kämpfte sich durch das Gestrüpp in die Richtung, aus der er den Schrei gehört hatte. Er war nicht sicher, was die Richtung anging, denn die Stimme hallte hier und dort leicht wider. Er konnte nur hoffen, die Geräuschquelle ausfindig zu machen. Denn die Schmerzensschreie klangen fürchterlich.

Er blieb stehen und lauschte. Ein halblautes Winseln war nun zu vernehmen. Also war er auf der richtigen Fährte. Er sah, dass da vorne der Wald endete. Helleres Grün schimmerte durch, er konnte einen Weg erkennen. Kam das Winseln von dort, wo er sich kaum verstecken könnte?

Thomas achtete jetzt auf jeden Schritt. Er wollte sich nicht verraten. Irgendetwas war da. Nur was? Er hörte Stimmen.

Die eine kannte er: Michael Kammhuber. Die andere kam ihm weniger bekannt vor. Es war ein Mann, der offenbar in Bedrängnis war, der Schmerz verzerrte seine Worte. In seiner Stimme lag etwas Flehendes. Thomas konnte allerdings nicht verstehen, worüber sie sprachen. Er sah auf sein Handy. Jana Meyerbeer hatte sich nicht gemeldet, obwohl die alte Frau Kammhuber sie doch längst informiert haben musste. Er überprüfte noch, ob der Klingelton aus war. Dann beschloss er, der Kommissarin eine Nachricht zu schicken.

Bist du schon unterwegs?

Die Antwort kam innerhalb weniger Sekunden: Wohin und warum?

Da kam Thomas die Erkenntnis, dass Michaels Großmutter die Polizei nicht verständigt hatte. Er schickte der Kommissarin die Koordinaten und schrieb dazu: Michael Kammhuber ist hier. Vermutlich bewaffnet. Was genau los ist, weiß ich nicht.

In dem Moment ertönte ein Schuss, fast gleichzeitig ein Schrei. Thomas zuckte unwillkürlich zusammen. Er duckte sich hinter einen Strauch und hörte Michael Kammhuber: »Das nächste Mal ziele ich nicht in die Luft, da treffe ich dich.«

Thomas beschloss, wenigstens per Handy Kontakt zur Kommissarin zu halten. Irgendwie beruhigte ihn das, auch wenn sie ihm aus der Ferne nicht helfen konnte. Er schrieb ihr, dass er jetzt ihre Nummer wählte, vielleicht könnte sie mithören. Sie solle sich beeilen.

Er hatte das Handy kaum verstaut, als er etwas Kaltes in seinem Nacken spürte. Und er wusste, dass es jetzt um alles ging. Mit aller Kraft unterdrückte er seinen Fluchtinstinkt und drehte sich langsam, ganz langsam um. Hinter ihm stand die alte Frau Kammhuber. Sie hielt ein Gewehr auf ihn gerichtet. Thomas konnte nicht verhindern, dass ihm ein leiser Angstlaut entwich. »Bleiben Sie ganz ruhig«, sagte sie. Es dauerte noch einige Momente, bis er sich in sein Schicksal fügte. Die alte Frau wies mit dem Kopf in die Richtung, aus der er jetzt sehr genau Stimmen vernehmen konnte.

»Du hast meine Mutter fast umgebracht, du Dreckschwein. Nachdem du sie so viele Jahre unglücklich gemacht hast.«

»Das stimmt nicht. Es war ein Unfall.« Die Stimme klang gequält, von Schmerzen verzerrt.

Thomas hörte den jungen Kammhuber höhnisch lachen. Leise ging er vor der alten Frau Kammhuber her.

»Ich lass nicht zu, dass du einfach abhaust. Aus der Nummer kommst du nicht raus.«

»Willst du mich umbringen?«

»Warum nicht? Aber erst würde ich gerne hören, was du alles auf dem Kerbholz hast. Meine Mutter hat deine Grausamkeit überlebt, aber was ist mit deinem Grabungskumpel, den sie aus der Donau gefischt haben?«

Wieder gellte ein Schuss durch die Luft, ein Schrei folgte.

Sie waren fast am Waldrand, Thomas mit der alten Frau Kammhuber im Genick. Der Blick öffnete sich, ein paar Hundert Meter vor ihnen lag still ein kleiner Ort in einer Senke, Grub. Hinter dem leichten Hügel rechts musste Langquaid sein, auch wenn es von hier aus nicht zu sehen war. Nahe am Feldweg eine Kapelle, weiß gestrichen, ein paar Bänke davor. An einer Seite der Kapelle stand Erwin Wolters, das Gesicht schmerzverzerrt. Vor ihm Michael Kammhuber, mit einem Gewehr in der Hand, vermutlich dem nicht unähnlich, das Thomas in seinem Nacken spürte. Neben ihm Wolters. Sein Bein hing in einer Tierfalle. Immer wieder versuchte er, mit den Händen die Zacken der Falle auseinanderzubiegen, was ihm aber nicht gelang. Aber immer, wenn es ihm gelang, schien Michael Kammhuber ihn mit einem Schuss in den Boden wieder daran zu erinnern, wer hier das Sagen hatte.

»Die Tierfallen aus unserem Keller«, murmelte die alte Frau. Thomas sah sie fragend an. »Mein Mann hat sie vor Jahren im Wald gefunden und mit nach Hause genommen. Ich dachte, er hätte sie abgegeben, nachdem er den Vorfall gemeldet hatte ...« Sie schüttelte den Kopf, als ob sie sich selbst darüber wunderte, dass sie in dieser dramatischen Situation gerade so ein Detail so ausführlich schilderte. »Sie bleiben hier stehen und halten einfach die Klappe«, flüsterte sie, und als Thomas Anstalten machte, ihr zu widersprechen, fügte sie hinzu: »Sonst gehören Sie zur Sorte Kollateralschaden.«

Thomas suchte Schutz bei einem Baum in der Nähe und hielt sich völlig still. Er war von der Situation viel zu beeindruckt, um auch nur darüber nachzudenken, das Weite zu suchen.

Die Frau trat aus dem Dickicht heraus auf ihren Enkel zu. »Waffe weg, Michael.«

»Oma!«

»Wirf das Gewehr weg!«

»Aber das Schwein hat ...«

»Ich weiß, was er getan hat«, unterbrach sie ihn. »Aber ich will nicht, dass du dich seinetwegen unglücklich machst.«

»Gut, dass Sie kommen«, wimmerte der Gefangene. »Er wollte mich umbringen.«

»Erst legst du ein Geständnis ab«, schrie Michael Kammhuber seinen Stiefvater an.

»Lass dein Gewehr fallen und überlass den Kerl mir.« Sie sprach kühl und klar.

Michael zögerte noch einen Moment, dann legte er das Gewehr auf den Boden und auf einen Wink seiner Großmutter hin entfernte er sich ein Stück davon. Irritiert sah Thomas, welche Macht diese Frau über den jungen Mann besaß. Vielleicht war er aber auch gar nicht in der Lage, auf einen Menschen zu schießen, hatte sich mit seinem Vorhaben, den Stiefvater zu überführen, selbst übernommen.

»Helfen Sie mir«, bat Wolters, aber die Alte lachte nur. »Ich möchte nur verhindern, dass mein Enkel ihretwegen ins Gefängnis kommt. Um mich ist es nicht mehr schade. Mein Mann wird bald sterben, und ich bin alt und müde. Ich will nur noch, dass Sie für alles büßen, was Sie der Familie meines verstorbenen Sohnes angetan haben.«

Thomas konnte gar nicht so schnell reagieren, wie die Alte angelegt und abgedrückt hatte. Die Kugel ging knapp vor Wolters ins Erdreich, Moos und Humus spritzten auf, er selbst versuchte, zur Seite zu springen, mit dem Knöchel in der Tierfalle gefangen, was seine Schmerzen vergrößern musste, weil die Falle sich wohl weiter in sein Fleisch bohrte.

»Wer hat die Bremsen manipuliert?«

Bevor noch eine Antwort kam, zielte sie und schoss – knapp daneben.

»Wer hat meinem Enkel und seiner Mutter das Leben zur Hölle gemacht?«

Wieder dasselbe Spiel.

»Wer hat sich die Werkstatt meines verstorbenen Sohnes unter den Nagel gerissen?«

Der nächste Schuss, der nächste Schrei.

»Wer hat meine Schwiegertochter immer wieder geschlagen und jetzt fast umgebracht?«

Der Schuss blieb aus. Wolters hatte schon die Arme schützend gehoben, aber nichts folgte. Die Alte sah ihn herausfordernd an. »Warum haben Sie Gabriele heute Morgen so zugerichtet? Was hat sie Ihnen getan?«

Als der Gefangene nicht gleich antwortete, schoss sie doch noch. »Ich warte auf eine ehrliche Antwort. Sonst ziele ich auf Ihren Arm oder Ihr Knie.«

»Sie wollte mein Alibi platzen lassen. Für die Nacht, in der Karim …«

»Stimmt, der geht auch noch auf dein Konto.« Sie kam näher und sah ihn verächtlich an. »Sie war so dumm, für Sie zu lügen, damit Sie ungeschoren davonkommen.«

»Ich habe ihr nach unserem Ausflug was gegeben, damit sie gut schläft und nicht merkt, dass ich noch mal weggehe.« Er presste es hervor, gezeichnet von der Angst um sein Leben. Thomas tat er fast leid. Gerne hätte er ihn aus seinem Martyrium befreit, aber er wollte sich hier nicht zum Helden aufspielen. Beide Kammhubers waren für ihn im Moment unberechenbar. Wann würde endlich Jana mit ihren Leuten hier auftauchen?

Er drückte sich hinter einen Baum und holte sein Handy heraus. Die Verbindung zur Kommissarin war zwischendurch wohl unterbrochen worden, aber jetzt hatte er Empfang und beschloss, ihr eine Nachricht zu schicken. Mit einem Auge behielt er die Kammhubers im Blick, mit dem anderen sah er aufs Display und wünschte sich zum ersten Mal, er hätte beim Tippen das Tempo der jungen Leute. »Waldrand, Kapelle, nahe Grub, Gewehre, kein Martinshorn.«

Dann versenkte er sein Handy wieder in der Hosentasche und hoffte, dass das Drama bald ein Ende nahm. Doch die alte Kammhuber begann mit ihrem quälenden Fragespiel von vorn.

»Wer hat die Bremsen manipuliert?«

»Ich weiß es nicht«, presste Wolters hervor. Ein Schuss, ein Schrei.

»Wer hat die Bremsen manipuliert?«

»Keine Ahnung!« Ein Schuss, ein unendlich langer Schrei. Dieses Mal hatte sie getroffen. Wolters fasste nach seinem Oberarm.

»Ich war es, ich war es selber. Ich wollte Michael weghaben, weil ich das Gefühl hatte, dass er mich beobachtete. Ich dachte, er will meinen Schatz.«

»Schwachsinn, ich wollte dich als Mörder überführen«, schrie Michael.

»Meine Schwiegertochter hast du auch fast umgebracht, dafür hast du den Tod verdient«, grollte die alte Frau wie ein Gewitter und legte das Gewehr an. Thomas kam sich so hilflos vor, er wollte nicht zusehen müssen, wie ein Mensch ermordet wurde. Was …

»Lassen Sie die Waffe fallen, Frau Kammhuber.«

Jana Meyerbeer war nicht allein. Mehrere bewaffnete Polizisten kamen aus dem Gebüsch und von der Straße her. Doch die alte Frau gab nicht so schnell auf.

»Nur, wenn der Kerl für den Rest seines Lebens in den Bau wandert.«

»Er wird seine angemessene Strafe bekommen, das verspreche ich Ihnen.«

»Wenn der noch einmal rauskommt aus dem Knast, dann stehe ich persönlich mit dem Gewehr da.«

Wenn sie dann noch lebt, dachte Thomas, der erleichtert und erschöpft mit zitternden Knien an einen Baum gelehnt dastand und hoffte, dass das Drama bald zu Ende war.

»Geben Sie die Waffe her«, wiederholte Jana Meyerbeer.

Endlich ließ Frau Kammhuber das Gewehr sinken. Ein Polizist ging zu ihr und nahm es ihr ab, ein zweiter sammelte das ein, das Michael Kammhuber auf Geheiß seiner Großmutter weggelegt hatte. Ein weiterer ging zu Erwin Wolters und befreite ihn aus der Tierfalle.

Jetzt war der Zeitpunkt, sich zu zeigen. Thomas stapfte den Waldrand entlang auf die Szene zu. Jana Meyerbeer sah ihm entgegen, Erleichterung im Blick.

»Du hast Nerven.«

Thomas lehnte sich an einen Baum. »Mir ist schwindlig.«

12. Kapitel

Thomas saß an einem Baum gelehnt und verfolgte die Arbeit der Polizei von Weitem. Ein Sanitäter hatte ihm etwas Kreislaufstabilisierendes gegeben, und allmählich ging es ihm wieder besser. Trotzdem: Zum Aufstehen reichte es noch nicht so ganz. So ließ man ihn hier sitzen. Zu seinem Glück. Er konnte Informationen und Eindrücke sammeln für seinen Artikel: Unser Reporter hautnah dabei! Für seinen Geschmack allerdings ein Stück zu nah.

Man sollte meinen, die Panik hätte ihn hellwach gemacht, aber Thomas fühlte sich unendlich müde. Doch wenn er die Augen schloss, sah er die Bilder vor sich: Die alte Frau Kammhuber, wie sie auf Wolters zielte, ihn knapp verfehlte und ihn damit zwang, seine Taten zu gestehen. Er spürte ein Krabbeln an den Unterschenkeln, öffnete die Augen und seufzte. Die Polizisten, die ihn laut Jana Meyerbeer nach seinem Schwächeanfall hierhergebracht und an den Baum gelehnt hatten, hätten ihn nicht unbedingt in einen Ameisenhaufen setzen müssen. Er strengte sich an, ein paar Meter weiterzurutschen, dann schloss er wieder vor Erschöpfung die Augen.

»Thomas? Thomas!« Ja, die Stimme kam ihm bekannt vor. Das war Lisa. Sie klang besorgt. Ganz nah und irgendwie doch weit weg. Es machte ihm Mühe sie anzusehen. Alles so verschwommen hier. Stimmen im Hintergrund, vermutlich Polizisten, die den Tatort sicherten. Vogelgezwitscher in der Luft. Allmählich bekam Lisas Gesicht für ihn Konturen, darüber bewegten sich ganz leicht die Baumwipfel im Wind. Ihm wurde schon wieder schwindlig, wenn er so hochsehen musste zu ihr. Er spürte, dass Lisa ihm auf die Wangen klopfte. »Thomas, bitte, nicht wieder wegdämmern.«

»Ist er immer noch nicht auf den Beinen?«, fragte eine ihm unbekannte männliche Stimme. »Sie sollten ihn doch noch im Krankenhaus durchchecken lassen.«

Jetzt schlug Thomas sehr entschieden die Augen auf und sah dem Sanitäter direkt ins Gesicht. »Ich bin topfit!«

»Das hat gerade noch ganz anders ausgesehen.«

»Was ist mit Michael Kammhuber und seiner Großmutter?«

»Ach, arbeiten geht schon wieder!« empörte sich Lisa.

»Man wird sich wohl zwischendurch ein bisschen ausruhen dürfen«, behauptete Thomas und bemühte sich, aufrecht zu sitzen.

Lisa verdrehte die Augen, richtete sich auf und wandte sich an den Sanitäter. »Danke, ich glaube, wir brauchen keine Hilfe.«

»Ich könnte ihm noch was geben.«

»Das ist eine gute Idee. Dann bringe ich ihn heim.«

Der Sanitäter ging weg, Lisa nahm Thomas' Hand und versuchte, ihn hochzuziehen. Aber Thomas zog es vor, erst in den Vierfüßlerstand zu wechseln und sich dann ganz allmählich an einem Baum hochzutasten. Der Sanitäter brachte ihm ein Glas Wasser, in dem er ein Pulver verrührte. Thomas trank.

»Die Kommissarin hat mich angerufen«, erzählte Lisa. »Sie erzählte von einem Schusswechsel, dass du Zeuge warst und sie mit ihren Leuten dazugekommen ist, bevor etwas Schlimmeres passiert sei. Dann sagte sie, du hättest eine Weile an einem Baum gelehnt und der Verhaftung zugesehen, aber irgendwann, als sie dich befragen wollte, da seist du einfach umgefallen. Da die Sanitäter sowieso da waren, haben sie dich gleich mitversorgt.«

»Wie bist du hierhergekommen, das Auto hab doch ich.«

»Es gibt Taxis. Und Paula ist bei deiner Mutter.«

Thomas nickte nur. Das wäre tatsächlich seine nächste Frage gewesen. Er sah das Absperrband an der Kapelle, das Gitter zum Innenraum stand offen.

»Ich muss da noch hin.«

»Du musst dich ausruhen.«

»Bitte, ich habe nur eine Frage.«

Lisa seufzte und stützte Thomas leicht, als sie auf das Absperrband zugingen. Jana Meyerbeer bemerkte sie und lächelte. »Doch noch wach geworden.«

»Habe ich viel verpasst?«, fragte Thomas.

»Den Rest kann ich dir erzählen, aber nicht jetzt.«

»Sag mir wenigstens, wo Ludwig Kammhuber den Schatz versteckt hat.«

Jana Meyerbeer sah fragend zu Lisa, und die seufzte: »Sagen Sie es ihm, sonst kommt er nicht mit mir nach Hause.«

»Von einem Schatz kann kaum die Rede sein«, antwortete Jana Meyerbeer. »Er hat ein paar Gewandnadeln gefunden und zwei Armreife. Aber er war offenbar vollkommen davon überzeugt, dass hier noch mehr liegt.«

»Das ist quasi so, als hätte man einen Dreier im Lotto und denkt, als Nächstes kommt gleich der Jackpot«, überlegte Thomas.

Jana Meyerbeer schmunzelte.

»Bist du jetzt fertig hier?«, fragte Lisa.

»Erst will ich noch wissen, wo er die Sachen versteckt hat.«

»Er hat die Kapelle geöffnet, offenbar sind einfachere Schlösser für ihn kein Problem. Oben, wo der Dachstuhl beginnt in dem toten Winkel, der von außen nicht einsehbar ist, hat er eine kleine Nische für seine Funde eingerichtet.«

Jana Meyerbeer hob das Absperrband, Thomas und Lisa schlüpften hindurch und gingen zur Kapelle. Jana betrat mit ihnen den kleinen Raum, in dem mehrere Heiligenfiguren standen, und zeigte nach oben, wo das Mauerwerk endete und das Gebälk anfing.

»Normalerweise ist das Gitter ja zu. Das Versteck liegt über dem Eingang, also ist es von außen nicht einsehbar. Und hinein kann ja niemand.«

»Aber die paar Sachen hätte er doch auch mit nach Hause nehmen können«, wunderte sich Thomas.

Jana Meyerbeer zuckte die Schultern. »Uns ist noch nicht ganz klar, was in Ludwig Kammhuber vorging. Wenn er wirklich dachte, dass er hier einem ganz großen Schatz auf der Spur ist und dies nur die ersten Funde sind, dann wollte er sich in der Kapelle wohl ein sicheres Depot einrichten. Sicher vor Kollegen und sicher vor der Polizei. Die hätte er ja auf den Plan gerufen, hätte er unrechtmäßig Fundstücke zurückbehalten. Und sicherer als zu Hause wären die Sachen hier auch gewesen.«

»Und wir fahren jetzt in unser Zuhause, weil du dich ausruhen musst«, schaltete Lisa sich ein, und die Kommissarin nickte ernst. »Das sehe ich auch so.«

Thomas beschrieb Lisa, wo er den Wagen abgestellt hatte. Sie holte ihn, während er sich auf eine Bank setzte und auf sie wartete. So ein stiller Fleck, manchmal ein Auto auf der Landstraße, die meisten etwas zu schnell unterwegs. Von irgendwo kam das Tuckern eines Traktors.

Lisa blieb mit dem Wagen unmittelbar vor der Bank stehen und öffnete die Beifahrertür. An ihrer Mimik konnte er erkennen, dass er noch mit einem Donnerwetter rechnen konnte.

Doch es kam gar nichts. Lisa fuhr konzentriert zurück zur Autobahnauffahrt und dann mit mäßigem Tempo in Richtung Regensburg. Kein Wort sagte sie unterwegs. Thomas wurde von Minute zu Minute mulmiger.

»Jetzt sag doch endlich was«, bat er sie, als sie in der Nähe von Bad Abbach waren.

»Du musst verrückt sein, dass du dich einer solchen Gefahr aussetzt.«

»Ich habe doch nicht gewusst, dass die mit Gewehren um sich ballern!«

»Hast du auch nur einen Augenblick an mich und die Kinder gedacht?«

»Ja«, sagte Thomas wahrheitsgemäß. »Und ich habe alles getan, um nicht in die Schusslinie zu geraten, wegen mir und wegen euch.«

»Du weißt, wie sehr ich mich gefreut habe, als du endlich wieder eine gute Geschichte hattest. Aber ich wusste nicht, dass du den Helden spielen willst!«

»Ich bin alles andere als ein Held, und das weißt du auch.«

Lisa schwieg wieder und verließ die Autobahn.

»Lisa, es tut mir sehr leid. Ich wollte das wirklich nicht.«

Sie schwieg immer noch.

»Kannst du mich an der Redaktion rauslassen?« Lisa bremste scharf an einer Ampel und sah ihn kopfschüttelnd an. »Du gehörst ins Bett!«

»Warum soll ich das alles durchstehen, wenn ich es nicht einmal selber schreiben darf?«

»Das ist ja eine Sensation, mein lieber Reitinger. Wie aufregend, live vor Ort zu sein.« Der Chef konnte sich kaum beruhigen.

»Besonders, wenn man ein Gewehr im Genick hat.« Thomas nahm ohne weitere Aufforderung Platz, weil er merkte, dass ihm immer noch schummrig war.

»Wir machen Ihnen zwei Seiten frei. Sie schreiben Ihre Eindrücke: die schwer verletzte Frau, die Grabungen im Wald, die Schreie vor der Kapelle, das Gewehr im Nacken …«

»Ich konnte mit dem Handy ein paar Fotos machen.«

»Sehr schön. Zwar sicher nicht überragend in der Qualität, aber spannend und authentisch. Das ist sowieso much more important.«

»Es kommen sicher noch Infos von der Kripo. Ich vermute mal, dass Ludwig Kammhuber alias Erwin Wolters ein Geständnis ablegen wird.«

»Wollen Sie das auch noch machen? Aschenbrenner hat heute frei.«

»Ich finde, das sollte Andrea übernehmen.«

Der Chef warf ihm einen verwunderten Blick zu. Thomas setzte nach: »Sie hat ganz entscheidende Teile der Geschichte recherchiert. Zum Beispiel, dass dieser Wolters schon einmal wegen Totschlags seiner ersten Frau angeklagt war.«

»Ich dachte, die Kollegin schätzt mehr die leichten Themen.«

»Nur weil sie all das macht, worum sich die anderen nicht reißen, heißt es noch lange nicht, dass sie die großen Geschichten nicht kann.«

Andrea konnte ihr Glück kaum fassen. Thomas nahm ihr dankbares Strahlen zufrieden auf, endlich mal hatte er das Gefühl, dass er die Kollegin nicht nur ausnutzte, sondern auch mal was für sie tun konnte. Die anderen hatten ihm den Schreibtisch von Aschenbrenner zugedacht, da Thomas im Moment keinen eigenen hatte. Er sah verlegen zu dem Praktikanten, der seinen früheren Platz okkupiert hatte. »Könnten wir vielleicht tauschen? Ich sitz da nicht so gern …«

Breites Grinsen bei allen Kolleginnen und Kollegen, aber der Praktikant nickte. »Wenn's der Wahrheitsfindung dient …«

Thomas schrieb, als ginge es noch einmal um sein Leben. Es strengte ihn mehr an, als er zunächst gedacht hatte. Noch einmal rein in die Geschichte, noch einmal sich die schwer verletzte Gabriele Kammhuber vor Augen führen, den Weg Richtung Langquaid, die Suche nach Spuren im Wald, die Schreie aus der Ferne, den kalten Lauf der Waffe im Nacken, die Angst, ob nun einer von beiden verrückt war, Michael Kammhuber oder seine Großmutter, die Sorge, dass sie den Mann in der Tierfalle erschießen wollten oder gar ihn selbst, wenn er einen Fehler machte.

Bobby Friedrich sah die Fotos durch, die Thomas gemacht hatte. »Erst nimmst du dem Aschenbrenner die heißen Themen und dann machst du auch noch die Fotos.«

»Ich hatte echt andere Sorgen, als dich anzurufen«, antwortete Thomas.

»Ich hätte aber ein sehr schönes Bild machen können, wie die Alte dir den Gewehrlauf ins Kreuz drückt.«

»Du bist wirklich ein großartiger Kollege, Bobby.«

Der Fotograf grinste. »Deshalb mach ich jetzt ein aktuelles Foto von dir«, kündigte er an und hob die Kamera.

»Vielleicht an einem Tag, an dem ich ein bisserl besser in Form bin?«, fragte Thomas, und der Fotograf lachte. »Jetzt wird er auch noch eitel.«

Während er seine Reportage schrieb, holte Andrea die Informationen von der Kriminalpolizei ein. Zunächst einmal hatte die schwer verletzte Gabriele Kammhuber das Alibi für ihren Mann widerrufen. Sie habe zwar an dem Tag, an dem Karim Özdag starb, mit ihrem Mann einen Ausflug gemacht, nachher hätten sie zu Hause noch ein Glas Wein getrunken, aber dann könne sie sich an nichts mehr erinnern und sei am kommenden Morgen mit einem Kater aufgewacht, obwohl sie kaum etwas getrunken habe.

»Er hat sich mit ihr überall sehen lassen, auf dem Donauschiff, im Restaurant – und dann hat er ihr K.o.-Tropfen gegeben, damit er in aller Ruhe seinen Kompagnon umbringen kann.«

»Sie hat das Spiel also mitgespielt bis zu dem Punkt, als ihr Mann Michael beschuldigt hat, die Bremsen manipuliert zu haben.«

Andrea nickte: »Da hat sie ihm gesagt, er müsse das zurücknehmen, sonst lasse sie ihn auffliegen.«

»Andrea, kannst du mir erklären, warum Frauen solche Männer heiraten?«

»Weil sie nicht gleich erkennen, dass sie gewalttätig sind.«

»Aber wenn sie es dann wissen, wenn sie es am eigenen Leib erfahren …«

»Thomas, ich habe damit erstens keine Erfahrung und zweitens jetzt sehr, sehr viel zu tun. Frag deine Frau …«

»Ich bin kein Schläger!«

»Und ich war noch nie mit einem zusammen. Also rede mit einem Psychologen.«

Thomas kam zurück zum Thema. »Wolters hat schon zugegeben, dass er selbst die Bremsen manipuliert hat und den Verdacht auf den Stiefsohn lenken wollte. Offenbar glaubte er, dass Michael ihm seinen Schatz wegnehmen wollte.«

»Wann hat er das denn gestanden?«, wunderte sich Andrea. »Die Polizei hat mir davon nichts gesagt.«

»Na gut, er war in der Tierfalle gefangen und hatte eine Waffe auf sich gerichtet.«

»Also unter Zwang. Dann muss es nicht stimmen.«

»Ich schreib es genauso, und ob es wahr ist, das soll Jana rausfinden«, antwortete Thomas und fügte hinzu: »Jetzt ist nur noch die Frage offen, ob er Karim Özdag ermordet hat oder nicht.«

»Geständnis gibt's noch keines. Aber da sein Alibi geplatzt ist, ist das wohl eher eine Frage der Zeit. Vermutlich hat er seinen Kumpel zusammengeschlagen und in die Donau geworfen. Davon geht jedenfalls *deine* Kommissarin aus.«

Thomas wollte gerade protestieren, da sah er das Grinsen der Kollegin.

»Entschuldige, aber es macht so viel Spaß zu sehen, wie du dich aufregst.«

»Heute habe ich überhaupt keinen Humor.«

»Das hätte ich auch nicht an deiner Stelle. Manche Tage muss man einfach nur überleben.«

Stimmt, dachte Thomas. Und ich hab's überlebt.

Mit mulmigem Gefühl verließ er die Redaktion. Er hatte die Befürchtung, dass die Diskussion mit Lisa noch nicht vorbei war.

Er überlegte, wie er seine Frau besänftigen konnte. Da er selbst ziemlichen Hunger hatte, beschloss er, etwas zu essen mit nach Hause zu nehmen. Und Blumen, das half fast immer.

Lisa stand auf Asiatisch, also kaufte er ein, als würde er eine ganze Party beliefern. Beim Blumenstrauß entschied er sich für groß und bunt. Gut gerüstet betrat er die Wohnung.

Lisa lehnte in der Tür, die vom Flur ins Wohnzimmer führte und sah ihm schweigend entgegen. Paula hingegen lief den Flur entlang und krallte sich an sein Bein. »Papa!«

Überfordert jonglierte Thomas mit Blumenstrauß und Essenstüte in dem Bestreben, seine Tochter auf den Arm zu nehmen und zu knuddeln. Lisa beobachtete ihn nur, half ihm aber nicht. So legte er die Blumen und das Essen auf den Boden und hob Paula hoch. Während sie wieder einmal seine Wangen malträtierte, ging er auf Lisa zu und nahm sie in den Arm. Dann passierte das, womit er am allerwenigsten gerechnet hatte: Seine Frau fing an zu weinen.

Thomas fand mehr tröstende Worte, als er sich selbst jemals zugetraut hätte, aber Lisa war nicht zu beruhigen. Selbst Paula reagierte zunehmend verstört angesichts der Flut an Tränen, die ihre Mutter vergoss. Statt die Papiertaschentücher zu zerzupfen, reichte sie ihr eins nach dem anderen an und streichelte unentwegt Lisas Arm.

Nachdem Lisa ihre Sprache wiedergefunden hatte, musste sie zugeben, dass sie nicht einmal wusste, ob sie vor Angst, Erleichterung, Ärger oder Freude geweint hatte.

»Ich konnte nicht anders«, sagte Thomas. »Ich musste gleich hinfahren. Und ich dachte wirklich, die alte Frau Kammhuber ruft die Polizei an.«

»Hat sie nicht?«

Thomas schüttelte den Kopf. Er gab zu, dass ihn die alte Frau zwar mit ihrem Gewehr bedroht hatte, er aber niemals in Gefahr gewesen war und sich auch sehr zurückgehalten hatte, als dann die Polizei auftauchte.

»Ich habe dich nie so leichtsinnig erlebt.«

»Das nächste Mal stelle ich es schlauer an.«

Lisa wirkte nicht sehr überzeugt.

Sie saßen noch eine Weile zu dritt auf dem Sofa, hatten Blumen und Essen im Flur vergessen. Als Paula unruhig wurde, hörten sie gemeinsam ein Hörspiel von dem kleinen Regenwurm, der in die weite Welt hinausziehen wollte.

Als er eine knappe Stunde später aufwachte, merkte er, dass sie alle drei eingeschlafen waren und die anderen beiden noch schliefen. Er wagte es gar nicht, sich zu bewegen, um Lisa und Paula nicht zu wecken. So saß er da, den Kopf in den Nacken gelegt, schaute an die Decke des Zimmers und dachte – nichts.

13. Kapitel

Ein Morgen wie jeder andere. Thomas wachte auf mit Paulas Fuß im Gesicht. Da sowohl seine Frau als seine Tochter noch schliefen, ging er leise in die Küche, machte Kaffee, deckte den Tisch und stellte sich mit seiner Tasse ans Fenster, um auf die Donau und hinüber auf die Altstadt zu schauen – ein Ausblick, den er jeden Tag wieder genoss. Noch einen kleinen Moment allein sein.

Dann ging er zur Tür und holte die Zeitung. Auch wenn er wusste, was der Aufmacher war, er musste es doch noch einmal lesen, alles scheinbar kritisch unter die Lupe nehmen und zugeben, dass er glücklich und stolz war. Er hatte mit dieser Geschichte sein Comeback in der Redaktion wie mit einem Donnerschlag eingeleitet. Alles war gut gegangen und auch Lisa hatte ihm verziehen, dass er sich in Gefahr begeben hatte. Heute sollte es ein ganz normaler Tag werden. Paula und Haushalt, vielleicht alles ein bisschen langsamer und gemütlicher als sonst, schließlich musste er sich von seinem Abenteuer erholen.

Er hatte Lisa nicht kommen hören. Sie stand auf einmal neben ihm, lehnte sich an ihn, und gemeinsam blickten sie schweigend auf den Dom.

»Gehst du heute noch einmal in die Redaktion und lässt dich feiern?«

»Ich gehe auf den Spielplatz und tue so, als würde mir Paulas Sandkuchen ganz ausgezeichnet schmecken.«

»Denkst du nicht, dass du noch einmal nachfassen kannst bei der Geschichte?«

»Ich weiß es noch nicht. Eigentlich habe ich unglaublich viel Lust auf Alltag und Routine.«

Sie hörten Paula quengeln, sahen sich an und lachten. »Ich glaube, der Alltag hat mich gerade eingeholt«, sagte Thomas und ging ins Schlafzimmer zu Paula.

Lisa war zur Arbeit gegangen, und Thomas saß mit Paula am Frühstückstisch, als das Telefon zum ersten Mal klingelte.

»Bub, was hast du dir dabei gedacht?«

»Guten Morgen, Mutter, wie geht's?«

»Bist du von allen guten Geistern verlassen?«, fragte Therese Reitinger. »Du sollst doch keine Verbrecher jagen, sondern nur darüber schreiben!«

»Glaub mir, das wollte ich eigentlich auch.«

»Dann lauf nicht hinter den Gangstern her, sondern ruf die Polizei an.«

»Danke für den Tipp«, sagte Thomas, »das nächste Mal mache ich es genau so.«

»Wenn ich Lisa wäre, ich würde dir den Kopf abreißen!«

Thomas hatte wenig Lust, das Gespräch fortzusetzen, zumal er hörte, dass sein Handy brummte. »Warte, ich geb dir die Paula, die will dir auch Hallo sagen.«

Paula war eigentlich damit beschäftigt, ihren Elchi zu füttern, der leider seinen Mund nicht aufmachen wollte, weshalb der Brei auf dem Boden landete. Aber sie war nett genug, den Hörer mit der etwas saubereren Hand entgegenzunehmen.

»Hallo? Hallo?«

Thomas grinste, denn er wusste genau, dass Paula nicht sehr viel mehr sagen würde. Da konnte seine Mutter erzählen, was sie wollte. Er ging unterdessen ans Handy.

»Hier Rossbach. Ich möchte mich bei Ihnen bedanken.«

»Soweit ich weiß, hat Ludwig Kammhuber noch nicht gestanden.«

»Aber Sie haben mich und meine Spekulationen ernst genommen. Sie waren auch hartnäckig genug, die Klärung des Falls voranzutreiben.«

Thomas hörte jedes Wort gerne und er hätte noch viel mehr Lob vertragen, aber zugleich spielte er doch den Bescheidenen. »Ich habe nur recherchiert …«

»Sie wissen selbst, dass Sie viel mehr gemacht haben.«

Ein Klirren unterbrach das Gespräch, gleich darauf ein Weinen.

»Ich fürchte, Ihre Tochter braucht Sie jetzt.«

Thomas sah auf die Bescherung. Paula hatte seine Lieblingstasse vom Tisch gefegt und das Telefon gleich hinterhergeworfen. Wie war er nur auf die Idee gekommen, dass er sie auch nur ein paar Sekunden aus den Augen lassen durfte, um sich selbst feiern zu lassen.

»Tut mir leid, Frau Rossbach.«

»Schon gut. Ich kenne das ja selbst. Und noch mal vielen Dank!«

Thomas hatte gerade die Scherben aufgelesen, den Dreck zusammengewischt und das Telefon wieder zusammengesetzt, als es erneut klingelte. Er entschied sich dafür, dieses Mal nicht dranzugehen, sondern erst einmal zu warten, wer aufs Band sprechen würde.

Es war Sepp Freisleder. Er lobte Thomas' Artikel, betonte aber auch ziemlich unverblümt, was er selbst als Fachmann aus seiner Sicht zur Klärung des Falles beigetragen hatte. Man würde sich doch sicher bald wieder beim Hitzlkofer in Helmering sehen?

Thomas rief noch schnell seine Mutter an und entschuldigte sich für das abrupte Ende des Telefonats, machte es aber kurz. Gleich darauf meldete sich seine Kollegin Andrea und fragte, ob er denn vorbeikäme.

»Ich gehe jetzt erst auf den Spielplatz und dann melde ich mich noch mal.«

»Was soll ich machen, wenn sich Aschenbrenner vordrängen möchte, um die weiteren Artikel zu unserem Fall zu schreiben?«

»Dann wirst du kämpfen. Wenn ich das kann, dann lernst du das auch.«

Endlich waren sie so weit, Paula und er. Das Wetter war schön, und als er die Sachen für den Sandkasten aus dem Schrank im Flur zog, da strahlte Paula, als wäre das Wühlen im Dreck alles Glück dieser Erde.

»Mit diesem Hobby bist du nicht allein, Paula«, sagte er. »Ich habe da einen kennengelernt, der konnte gar nicht mehr aufhören damit, im Boden zu graben. Und immer dachte er, er würde gleich einen Schatz finden.«

»Platz«, antwortete Paula, ganz aufs Wesentliche konzentriert.

»Genau, wir gehen jetzt zum Spielplatz.«

Auf dem Weg dorthin überlegte er. Jede Menge Leute hatten angerufen, auf dem Festnetz, auf dem Handy. Nur in ganz wenigen Fällen war er drangegangen und hatte Lob und Glückwünsche entgegengenommen. Die anderen Telefonate hatte er sich für später aufgehoben. Vielleicht wollte er ja die nächsten Tage auch noch ein paar bewundernde Worte hören. Die meisten Rückrufe waren sicher nicht mit fünf Minuten abgetan, und es war wirklich nicht der Tag, um stundenlang mit fremden Leuten zu reden. Man musste Prioritäten setzen. Wachter und Hirthammer hatten sich gemeldet, selbst Kjell Löscher hatte einen flapsigen Spruch hinterlassen, dass offenbar nicht nur Crystal-Meth-Dealer gefährlich seien. Ein Nachbar hatte ihn angesprochen und auch eine Frau in der Bäckerei, als er für Paula eine Breze kaufte. Berühmt für einen halben Tag, so kam er sich vor.

Erst als sie den Spielplatz »Am Gries« erreichten, fiel ihm auf, dass sich Jana Meyerbeer nicht mehr gemeldet hatte. Sollte er sie anrufen? Selbst das hatte Zeit, dachte er, setzte seine kleine Tochter in den Sand, gab ihr das Plastikwerkzeug und suchte sich eine Bank in der Sonne, um die Wärme zu genießen.

Er schloss die Augen, spürte die Müdigkeit, die der Anspannung der letzten Tage folgte, und gab ihr nach. Er träumte von der Kapelle am Waldrand. Der Mann, der in der Tierfalle feststeckte, war er. Sein Schwiegervater fuchtelte mit einem Gewehr herum und drohte ihm, er würde ihn in der Falle hängenlassen, wenn er nicht versprach, sofort für Lisa und Paula ein wunderschönes Haus zu bauen. Er hätte noch Schwarzgeld gebunkert und das müsse sowieso irgendwo verwurstet werden. Er nannte ihn einen Versager, weil er so wenig verdiente. Und als Thomas sich angesichts des Schwarzgeldes erschrocken zeigte, da sagte sein Schwiegervater, nichts sei so, wie es scheine, alle Menschen hätten eine Vergangenheit, die sie zu verbergen suchten. Keiner wisse wirklich, wie der andere denn so sei. Dann brach er in ein grässliches Lachen aus – und Thomas schreckte hoch.

Wo war er – und vor allem, wo war Paula?

Thomas sah sich um und konnte sie nirgends sehen. Schnell sprang er hoch. Der Spielplatz »Am Gries« lag direkt am Fluss, zwar war er umzäunt und mit einem Tor abgeschlossen, aber vielleicht war Paula dort irgendwo hinausgeschlüpft … Bitte, lass es nicht wahr sein, bitte nicht, nein, bitte, bitte … Er lief panisch herum, die fragenden Blicke der anwesenden Mütter interessierten ihn nicht.

Da! Offenbar war es ihr zu warm geworden, und sie hatte sich in das kleine Häuschen am Holzschiff-Klettergerüst verzogen, weil es dort Schatten gab.

Schief lächelte sie ihm entgegen, Gesicht und Hände paniert mit dem Sand. »Papa. Da.« Sie hielt ihm ein Förmchen voller Sand entgegen und spürte gar nicht, wie erleichtert er es entgegennahm und in der Luft umdrehte, bevor er es mit Schwung auf den Boden drückte und die Form abnahm. Gemeinsam bewunderten sie den Kuchen und taten so, als würden sie ihn essen.

Dann ging Thomas zurück zu seiner Bank und atmete tief durch. Er dachte, es wäre entsetzlich, vom Schwiegervater bedroht zu werden. Aber die Angst um Paula war schlimmer als jeder Alptraum.

Eine Frau setzte sich zu ihm auf die Bank, aber er sah nicht hin, er war noch viel zu sehr damit beschäftigt, den Schrecken zu überwinden, der ihn durchzuckt hatte wie ein Stromstoß.

»So in Gedanken?«, hörte er eine vertraute Stimme und sah hoch. Jana Meyerbeer lächelte ihn an.

»Was machst du hier?«

»Ich habe dich gesucht.«

»Selbst mit deinem kriminalistischen Gespür konntest du mich nicht unbedingt auf diesem Spielplatz vermuten.«

»Ich war bei dir zu Hause, und ein Nachbar hat mir gesagt, er habe euch mit der entsprechenden Ausrüstung zu Fuß losziehen sehen. Da habe ich auf dem Smartphone im Internet nachgesehen – und siehe da, es gibt eine Übersicht über Spielplätze.«

»Gut kombiniert, Frau Kommissarin.«

Gemeinsam sahen sie eine Weile Paula zu, die intensiv im Boden grub.

»Ich wollte mich bei dir bedanken«, begann Jana Meyerbeer das Gespräch erneut. »Schließlich hast du uns Richtung Langquaid gelotst und vermutlich allein durch deine Anwesenheit dort Schlimmeres verhindert.«

»Darauf hätte ich gut verzichten können.«

»Das glaube ich dir. Ruf mich einfach das nächste Mal selbst an und bitte nicht andere darum.«

»Ich konnte doch nicht wissen, dass die alte Frau mit der Knarre loszieht, um Selbstjustiz zu üben.«

»Scheint in der Familie zu liegen. Ihr Enkel hat es ja auch versucht.«

»Dabei hat sie mir selbst erklärt, dass die Jäger die besten Naturschützer sind.«

Wieder schwiegen sie eine Weile.

»Bevor die Pressemitteilung rausgeht, wollte ich es dir selbst erzählen: Ludwig Kammhuber hat gestanden.«

Thomas sah sie verblüfft an. »Die Geschichte ist exklusiv für mich?«

»Du hast es dir verdient.«

»Was genau hat er gestanden? Es gibt ja eine Menge in seinem Fall.«

»Er hat Karim Özdag umgebracht. Er sagt, es war ein Versehen. Sie wollten sich nur treffen und noch einmal miteinander reden, da kam es zu einem Handgemenge ...«

Thomas schüttelte den Kopf. »Er hat sich ein Alibi verschafft, um dann zu einem Gespräch zu gehen? Das glaubst du doch selbst nicht.«

»Natürlich nicht. Aber er versucht es eben. Beim Tod seiner ersten Frau gab es ja auch den Verdacht, dass er sie getötet haben könnte, aber bei einem Treppensturz lässt sich das eben schwer nachweisen.«

»Der Freispruch steht. Deswegen kann er nicht mehr verurteilt werden.«

Sie nickte. »Dass er seine zweite Frau beinahe erschlagen hätte, das ist jedenfalls gewiss. Und das hat er auch bereits gestanden, allerdings war es eine Tat im Affekt, so wie er es darstellt.«

»Die alte Frau Kammhuber und der Sohn werden bezeugen, dass er seine Frau sehr oft geschlagen hat. Affekt hin oder her, ein Ausrutscher war es jedenfalls nicht.«

»Dass sie ihm gedroht hat, sein Alibi auffliegen zu lassen, war für ihn ein Grund, sie aus dem Weg zu schaffen – was ihm in diesem Fall aber nicht gelungen ist«, ergänzte Jana Meyerbeer.

Thomas wusste gar nicht, wie er die schrecklichen Dinge, die er hörte, mit der Idylle, die er sah, in Einklang bringen konnte. Paula wühlte hingebungsvoll in der Erde, und ihr entrückter Gesichtsausdruck war fast so schön wie ihr Strahlen, wenn sie zu ihm hochschaute und winkte.

Er musste sich konzentrieren, wenn er den Fall rekonstruieren wollte. »Erwin Wolters ist nach dem Freispruch damals aus der Gegend von Köln weg, weil er hier neu anfangen wollte.«

»Er war in der Nähe von Köln als Hausmeister für eine Wohnanlage zuständig. Die Stelle hat er durch den Prozess verloren. Er brauchte einen Neuanfang und er wollte sich verbessern, so wie es aussieht.«

»Er suchte sich also eine Frau mit einem Installationsbetrieb?«

Jana nickte: »So herzlos es auch klingt, das ist wohl die Wahrheit.«

Thomas ging seine Überlegungen weiter durch. »Er hat den Namen der Frau angenommen …«

»Und seinen zweiten Vornamen zu seinem ersten gemacht«, warf Jana ein.

»… um nicht erkannt zu werden«, fuhr Thomas fort. »Er liebt seinen Beruf, der Installationsbetrieb floriert. Aber sein Hobby wird ihm immer wichtiger, besonders als er erste Erfolge hat.«

Jana Meyerbeer nickte. »Er war offenbar wirklich davon überzeugt, dass er am Grabungsort auf einen großen Schatz stoßen würde. Die Funde haben ihn darin bestätigt. Er glaubte, Karim Özdag habe ihm nur deshalb davon abgeraten, um allein dort weiterzugraben, weil er selbst den Schatz finden und ihn dann melden wollte. Um sich bei den Archäologen einzuschleimen und vielleicht dort einen Job zu ergattern.«

»Wolters traute allen alles zu und war völlig verbohrt«, murmelte Thomas.

»Deshalb hat er sich mit Karim Özdag überworfen«, bestätigte die Kommissarin.

»Und einen Mord begangen?«, fragte Thomas nach.

»Offenbar gab es eine Zeit, in der sich die beiden sehr gut verstanden haben. Kammhuber fühlte sich isoliert in Regensburg, er hatte seine Arbeit, aber seine Frau und er waren nicht glücklich. Sein Stiefsohn hasste ihn. Da fand er in Karim Özdag einen, der sein Hobby teilte. Die beiden schienen sich gut zu ergänzen, und Özdag hat Kammhuber offenbar vertraut. Er hat ihm sogar gestanden, dass er wegen Drogen mit dem Gesetz in Konflikt geraten ist.«

»Das klingt nach einer wunderbaren Männerfreundschaft.«

»Das war es eine Zeitlang wohl auch«, erzählte die Kommissarin. »Bis sie eben auf die ersten Funde in der Nähe von Langquaid stießen und sich darüber entzweiten, ob man diese melden oder für sich behalten sollte. In einem Streit habe er Özdag einen kriminellen Türken genannt, hat Kammhuber uns gesagt. Was ihm nachher leidgetan habe, aber der Bruch war da.«

»Ich sehe trotzdem das Motiv nicht, Özdag zu töten.«

»Dann hab noch ein bisschen Geduld«, antwortete Jana Meyerbeer und lächelte. »Ich bin ja noch nicht fertig.«

Paula winkte ihnen, und beide winkten zurück.

»Özdag war offenbar viel im Internet unterwegs. Schatzsucher-Foren, Kontakte zu Gleichgesinnten. Das hat mein junger Kollege recherchiert. Dabei ist er auf einen Mann gestoßen, der Kammhuber von früher kannte …«

»… als er noch Wolters hieß?« Thomas begann, allmählich zu verstehen. »Der hat ihm erzählt, dass sein Kompagnon sehr viel mehr Dreck am Stecken hat als er.«

»Nicht vergessen: Er ist freigesprochen worden.«

»Aber vielleicht hätte die Information, dass ihr Mann möglicherweise schon eine Ehefrau auf dem Gewissen hat, Gabriele Kammhuber davon überzeugt, ihn zu verlassen.«

Jana Meyerbeer nickte: »Der Mann ist eigens nach Regensburg gekommen, um sich hier eine neue Existenz aufzubauen. Und es war ihm gelungen: Er führte einen florierenden, kleinen Betrieb, er hatte gute Bedingungen für sein Hobby, da droht ihm Karim Özdag, seiner Frau die ganze Wahrheit zu sagen.«

»Özdag hatte ihn doppelt in der Hand. Er konnte ihm die Existenz kaputtmachen und den Schatz wegnehmen. Alles wäre umsonst gewesen.«

»Siehst du, jetzt hast du dein Motiv.«

Thomas betrachtete seine Tochter, die so arglos im Sand wühlte. Er hing seinen Gedanken nach. Fehlte ihm noch etwas? Denn dass er heute noch schreiben würde, das war jetzt mehr als klar. Er stand auf. »Ich glaube, ich muss arbeiten.«

»Und ich bleibe hier und passe auf deine Tochter auf?«

»Nein, sie muss gleich ihren Mittagsschlaf machen. Ich rufe in der Redaktion an und sage Bescheid, dass ich Neuigkeiten habe.«

»Papa, Papa!« Paula kam auf sie zugestapft, sie hatte etwas in der Hand, was nicht nach Schaufel oder Förmchen aussah. Thomas war irritiert.

»Was hat sie denn da?« Er stand auf und ging seiner Tochter entgegen. Stolz übergab sie ihm, was sie gefunden hatte.

»Es ist ein Ehering!«, sagte er verblüfft.

»Den hat wohl jemand verloren«, kommentierte Jana Meyerbeer.

Thomas betrachtete den Schmuck genauer. »Keltisch oder römisch schaut mir der nicht aus.«

Die Kommissarin grinste: »Trotzdem: Deine Tochter hat offenbar großes Talent zur Schatzsucherin.«

Paula streckte ihre Hände nach dem Ring aus: »Will haben!« Als Thomas ihn ihr nicht gab, fing sie zu weinen an. Er seufzte: »Zur Freude am Finden kommt leider eine große Freude am Behalten der Sachen.«

Thomas beschloss, den Ring später am Fundamt abzugeben und einen Zettel am Spielplatz zu hinterlassen, dass man ihn dort abholen könne. Paulas Weinen dauerte an, bis sie zu Hause waren. Sie konnte einfach nicht verstehen, warum ihr nicht gehörte, was sie gefunden hatte. Thomas hätte gerne schon von unterwegs in der Redaktion angerufen, aber er wollte ungern Paulas Greinen als Hintergrundgeräusch dabeihaben. Also legte er erst Paula hin für den Mittagsschlaf und sprach dann mit der Kollegin.

Noch einmal schrieb er sich die Finger wund, versuchte, die Motive des Sondengängers, seine Leidenschaft für die Schätze vergangener Zeiten etwas mehr herauszuarbeiten. Er erwähnte auch, dass Erwin W. nach seinem Prozess wegen Totschlags durch seine Heirat eine neue Identität erworben hatte und dass sein Kompagnon Karim Ö. dieses Geheimnis wohl gelüftet hatte. Deshalb habe dieser sterben müssen. Er hätte Erwin W., der sich nun Ludwig K. nannte, alles nehmen können: seine Existenz und seinen vermeintlichen Schatz.

Eine Frage aber beschäftigte Thomas noch: Wie hatte Michael Kammhuber herausgefunden, wo sein Stiefvater grub? Er musste ja irgendwann einmal diese Tierfallen aufgestellt haben. Noch einmal rief er Jana Meyerbeer an.

»Nach dem Tod von Karim Özdag hatte der junge Kammhuber seinen Stiefvater tatsächlich in Verdacht«, erklärte die Kommissarin ihm. »Er hoffte, einen Beweis für den Mord zu finden. Deshalb ist er ihm in den letzten Tagen einmal zum Grabungsort gefolgt und hat gesehen, wie Erwin Wolters seine Funde aus dem Versteck holte, um sie zu betrachten und dann wieder zu verstecken. Als sein Stiefvater ihn beschuldigte, die Bremsen manipuliert zu haben, da hat er die Tierfallen rund um die Kapelle aufgestellt. Er wollte sich rächen. Dann aber hat sein Stiefvater seine Mutter schwer verletzt, und da ist er offenbar ausgerastet, hat die Waffe geholt und den Rest weißt du ja.«

Thomas schrieb den Artikel fertig und schickte ihn ab, lehnte sich zurück und schloss die Augen. Ein paar Mal durchatmen, dann stand er auf und klappte den Laptop zu. Wenn Paula aufwachte, würden sie zum Fundamt gehen, den Ring abgeben. Dann zur Feier des Tages mit Lisa im Orphée essen.

Eine neue Herausforderung wartete schon auf ihn: die Suche nach einer Wohnung. Das ist auch eine Art Schatzsuche, dachte Thomas. Sicher anstrengend, aber aussichtsreicher als die Suche nach einem Fürstengrab. Und ganz sicher weniger gefährlich.

Danksagung

Immer wieder bin ich in den letzten Jahren gefragt worden, wann der nächste Reitinger erscheinen würde. Ich habe allen versprochen, einen weiteren Regensburg-Krimi zu schreiben, in dem dieser mäßig ehrgeizige Journalist seine Freude am Fragen und Forschen neu entdeckt und seine Fähigkeiten zeigen kann. Leider hat es sehr lange gedauert. Aber ich habe mich gefreut, dass es außer mir noch viele andere Menschen gibt, die ihn vermisst haben.

Bei den Recherchen für diesen Krimi habe ich Erstaunliches über Schatzsuche und Archäologie gelernt. Die meisten Informationen zum Sondengehen verdanke ich dem „Handbuch für Schatzsucher" von Reinhold Ostler. Beim Thema Archäologie hat mir Dr. Iris Wunderlich sehr geholfen. Sie war es auch, die mich vor Jahren schon darauf aufmerksam gemacht hat, dass mein Heimatort Langquaid in der archäologischen Welt durchaus einen Namen hat - denn den „Hortfund mit Beiltypus Langquaid" gibt es wirklich. Kilian Treuheits Auskünfte zu archäologischen Grabungen rund um Regensburg haben das Bild abgerundet.

Marion Schlereth danke ich für ihre Geduld mit mir und dem Text, die Diskussionen, die Ideen, die Gedanken und die Begleitung während des Schreibens. Fanny Jell war mir eine aufmerksame Erstleserin, der ich wertvolle Hinweise verdanke.

Es gibt viele, die mir die ein oder andere Frage beantwortet oder mir geholfen haben, die Welt junger Eltern und kleiner Kinder besser zu verstehen, um meinen Helden und seine kleine Tochter so authentisch wie möglich agieren zu lassen. Ihnen allen sei hier gedankt, ohne sie im Einzelnen zu nennen.

Dr. Anette Kleszcz-Wagner war mir und dem Reitinger auch bei diesem Band eine freundlich-kritische Lektorin. Manchmal denke ich, sie kennt Thomas Reitinger fast so gut wie ich.

Sie alle haben an diesem Buch mitgearbeitet, doch die Fehler, die Leserinnen und Leser entdecken könnten, habe ich selbst gemacht. Ich hoffe aber, dass sie das Vergnügen nicht mindern werden, Thomas Reitinger durch einen neuen Fall zu begleiten.

Reitingers erster Fall

Lotte Kinskofer, Heimvorteil
Oberpfalz Krimi
192 Seiten, Paperback
ISBN 978-3-935263-46-7 / 11,00 EUR

Der Regensburger Sportjournalist Thomas Reitinger kehrt in seinen oberpfälzischen Heimatort zurück. Eigentlich will er nur seine Mutter besuchen, wird aber von den Ereignissen in dem doch sonst so beschaulichen Dorf überrumpelt: Der Fußballtrainer des heimischen Sportvereins wurde umgebracht. War er zu ehrgeizig, hat er seine jugendlichen Spieler mit Dopingmitteln versorgt? Oder ist er Opfer dörflicher Intrigen und heimlicher Leidenschaften geworden?

Thomas kennt sich hier aus, er soll bleiben und über den Fall berichten, sagt sein Chefredakteur. Seiner Frau ist es nur recht, die geht in Regensburg eigenen Interessen nach. Und Thomas entdeckt nicht nur die Abgründe seines Heimatdorfes, das er als Jugendlicher verlassen hat, sondern findet auch seine erste Liebe Kati wieder. Dumm nur, dass ihre Familie in den Fall verwickelt sein könnte ...

Reitingers zweiter Fall

Lotte Kinskofer, Grabenkämpfe
Oberpfalz Krimi
195 Seiten, Paperback
ISBN 978-3-935263-60-3 / 12,00 EUR

Im Hafen von Regensburg wird ein toter Orchestermusiker gefunden. »Ihre Leiche«, sagt der Chef zum Thomas Reitinger. Der ist eigentlich Sportjournalist, aber der Polizeireporter ist in Urlaub. Und der Reitinger hat ja schon einmal über einen Mord berichtet, in Helmering – aber da hatte er Heimvorteil.

Zwischen seinem Dorf in der Oberpfalz und Regensburg hin- und herpendelnd gelingt es ihm, Licht in den Fall zu bringen. Der Feuilleton-Redakteur hilft ihm – und vor allem seine Frau Lisa, von der er doch eigentlich getrennt lebt. Nach und nach entdeckt er nicht die schöne Welt der Musik, sondern eine Hölle, die ein ehrgeiziger Geiger für seine Familie und seine Kollegen geschaffen hat.

Reitingers dritter Fall

Lotte Kinskofer, Wirtshaussterben
Oberpfalz Krimi
187 Seiten, Paperback
ISBN 978-3-935263-67-2 / 11,00 EUR

Beim Weihnachtsspaziergang am Max-Schultze-Steig in Regensburg wird ein Bürgermeister aus dem Landkreis bei einem Sturz erheblich verletzt. Von einem Mountainbiker hinterhältig in die Tiefe gestoßen, behauptet er. Es gibt keine Zeugen und niemand will ihm so recht glauben.
Als kurz darauf im Kurpark von Bad Abbach die Leiche einer Lokalpolitikerin gefunden wird, glaubt der Regensburger Journalist nicht mehr an Zufälle. Und der Reitinger ist schließlich Spezialist. Er hat schon zwei Kriminalfälle gelöst. Er recherchiert auf eigene Faust. Die Spur führt ins Wirtshaus ...